講談社文庫

川っぺりムコリッタ

荻上直子

講談社

川っぺりムコリッタ

ムコリッタ（牟呼栗多）
仏典に記載の時間の単位のひとつ　一／三十日＝二千八百八十秒＝四十八分
「刹那」は、その最小単位

「お前とはもうこれで終わりだよ」

学校から帰ってくると、めずらしく母がアパートの前で灰色の塀《へい》に寄りかかりタバコを吸っていた。母は僕に気付くと、吸っていたタバコを口の端にくわえ、煙に目を細めながら小さなポーチの中から携帯灰皿を取り出して、最後に大きくいっぷくしてからその中にちゃっちゃと短くなったタバコを押し込み、口を横の方にすぼめて煙を吐いた。春先で、雨が降る前の空気はもわんとぬるく湿り、自転車から降りると汗で制服のズボンが太ももにまとわりついた。母は、くたびれてくすんだ金色の財布のジッパーを、邪魔なほど長い爪の張り付いた指先で開け、中から一万円札を二枚取り出し僕に向けて差し出した。塗りなおしたばかりなのか、しっかり老いている母の手には不釣り合いに爪だけが赤く光っていた。僕がその二万円を受け取ると、母は冷たくそう言い放った。申し訳ない感じでもなく、悲しげでもなく、いつもの調子で眉間《みけん》に皺《しわ》を寄せて、イライラした様子で。自分は捨てられるのか。捨てられるのだ。そう理解した瞬間、アパートの塀伝いにうっそうと茂る緑がぐんぐん色濃くなっていくように見え、その中で、母の唇の赤色は、爪の赤よりもなおアホみたいに濃くなり、ヌメヌメと光ってそこだけ何か独立した別の生き物みたいだった。

目が覚めると、重そうな灰色の雲が、視界一杯に広がっていた。一瞬自分がどこにいるのかわからなくてぼんやりした。起き上がって目の前の川を見て、冷たいコンクリートの地面を触り、僕は今、川っぺりの堤防に座っていて、もはや高校生ではないのだとわかって安心した。

ここは、すぐ先で海と繋《つな》がる河口付近で、近くに港があり漁船が行き来する。海へと流れ込むこの場所が、川の終わりだとすると、川の始まりはどこにあるのだろう。根気強くたどっていけばそこに到着するのだろうか。昼の弁当を食べた後、そんなことをコンクリートの地面の上に寝転びながら考えていたらいつの間にか眠っていたらしい。背中が痛い。夢の中でとはいえ、久しぶりに母の顔を見てしまった。ズボンが太ももに張り付く心地悪さが、このもわっとした湿気の多い空気が、見たくない夢を見せたのか。あの時と同じ雨の匂いがする。腕にチクッと痛みを感じ、見るとアリが張り付いていた。手で乱暴に払い落し、苦い唾《つば》をアリの上に吐き捨てた。僕の唾に溺《おぼ》れもがいているアリを観察していると、昼休憩が終わる合図のサイレンが鳴った。僕は慌《あわ》てて立ち上がり、工場に向かって走りだした。

一年前、三十歳の誕生日を刑務所で迎えたとき、六十歳で死ぬとしても人生がまだあと半分もあるのかと思ったら、愕然《がくぜん》とした。半分もなくて構わないと思った。どうせ明日も今日とだいたい同じ。変わり映えのしない毎日だ。曇りか晴れか雨か、寒いか暑いかが違うだけ。刑務所の中にいても外にいても同じだろう。だから、出所したら川べりに住みたいと思った。マンションやビルが建ち並ぶ都会の川でなく、できれば地方の大きな川の川べりに。台風のたびに氾濫《はんらん》するような川がいい。常に日常がおびやかされているような川沿いの田舎町。人はあまり偶然では死なない。滅多に空から鉄板が落ちてくることはないし、道路は陥没しないし、橋は崩れ落ちないし、電柱は倒れてこない。でも、自然災害は起こる。少なからず、日常が突然消える可能性がある。そういうことに、常におびやかされながら、ギリギリを味わっていたい。いてもいなくても同じ僕の存在。死を間近に感じていた方が、生きている実感が湧《わ》くかもしれない。いざとなれば、いつでも川に飛び込むことだってできる。川べりの暮らし。誰とも関わらず、自分だけでいい。つつましく、目立たず、ひっそりと過ごしたい。

二年間の刑期を終え、半年前に出所した。出所後に世話になった更生保護施設で就労や居住の希望を聞かれるたびに、頭の中で日本地図を描き、とにかく大きな川がある地方で働きたいと言い続けた。もちろん一度も訪れたことがないところ。誰も僕のことを知らない場所。きっとなんとかなるだろうと呑気《のんき》に構えていたら、働き先も住む場所も決まらないまま施設での数ヵ月があっという間に過ぎてしまった。そろそろ行先が決まらないとまた宿無しになってしまうとキリキリしながら、たまに入る日雇いの仕事でできるだけ金を貯めようともがいていた。比較的真面目に生活していたが、なかなか就職が決まらない僕を施設の職員が見かねて、地域のサポートセンターに幾度も連絡を取り、熱心に僕の就職先を斡旋《あっせん》してくれた。そんなとき、その職員の知り合いで、出所者の就職を支援しているという年配の女性から、北陸地方にある前科者も受け入れる協力雇用主を紹介するという話があった。イカの塩辛を作る工場の社長らしい。イカの塩辛工場であれば、おそらく海が近くにあり、海があるということはそこに川が流れ込んでいるはずだと思った僕は、すぐにその人に頼んで工場の社長に連絡してもらった。彼女は僕の決断をとても喜び、不自然なほど思い切り口角を上げた笑顔で鞄《かばん》から取り出した小さな聖書を僕に握らせ、神様はいつもあなたの隣にいらっしゃいます、と言った。保護施設の部屋に帰ってすぐに荷物をまとめた。もらった聖書を鞄に入れようか一瞬迷ったけれど、結局部屋の机の上に残して、僕は夜行バスに飛び乗った。バスの窓から見える夜の都心の明るさがようやく落ち着いたとき、僕は僕を巻き込んで回っていた大きな歯車から放り出された気がして、少しほっとしたのだった。

その街の中心地にバスが到着したのは、まだ暗い早朝だった。寝不足で重い頭のままバスを降り、日本海に面したその街に初めて足を踏みだしたとき、潮の香りがした。海のない町で育った僕は、それだけでやっと別の場所に来られたのだと実感し、図らずも新しい何かを期待しそうになり、自分を制した。僕は、前科者なのだ。

バス停の近くで一軒だけ開いていたコンビニに入り、菓子パンと缶コーヒーを籠《かご》に入れ、売り物の地図を立ち読みしてこの辺りの地理を頭に入れた。工場の社長と会う約束までにはまだ十分時間があったので、僕はパンをかじりながら初めての街を歩いた。東の空がうっすらと明るくなってきたとき、海に出た。左右に広がる海岸に人の姿はなく、僕は人生で初めて見る朝の海だと気付いた。

頭の中の地図を頼りにたどり着いた塩辛工場は、港のすぐそばにあり、思った通り近くの湾には大きな川が注いでいた。建物には『沢田水産工業《さわだ》』と大きな看板が掲《かか》げられていた。紺の作業着で出てきた工場の社長は、人の好《よ》さそうな笑顔で僕を迎えてくれた。五十代半ばくらいだろうか、もみあげに白髪が交じっている。背は高くないがガタイはよく、握手を求められ、差し出した右手をぎゅうっと強く握られた。「がんばろうよ、ねっ」と大きな声で言われ、左手で僕の肩をバシバシと叩《たた》いた。筋肉ががっちり付いているような力強い腕だった。握られた右手も叩かれた肩も痛く、僕は無理やりにも笑顔を返せなかった。

社長によると、パートの人たちも入れて総勢二十人ほどの小さい工場ということだ。二週間で辞めたという前任者の白の作業着を渡され、着てみるとブカブカだった。体の大きな人だったのか。ウエストをベルトで無理やり縛り、ズボンの裾《すそ》を何度も折り、大きすぎる長靴《ながぐつ》を履《は》いた。白い帽子をかぶっていると、社長が僕と同じ白い作業着に身を包んだ小柄なおばさんをつれてきて、「こちら、ベテラン社員の中島《なかじま》さん。仕事は全部彼女にきいて」と言った。「よろしくお願いします」と僕が挨拶《あいさつ》すると、「髪の毛は一本も残さず全部帽子の中に入れて」と厳しい顔で中島さんに言われ、僕は帽子をかぶりなおした。手を綺麗に洗い、ビニール手袋をはめ、包丁でイカをさばく。この地方ではホタルイカが有名らしいのだがスルメイカもよく獲れ、イカスミを混ぜた塩辛は黒いのが特徴だ。手袋をしていてもヌルッとした感触の伝わるイカの身をしっかり左手で押さえ、眼をえぐり取り、内臓、身、頭、中骨、足にわけていく。

一連の作業を、中島さんは丁寧に教えてくれた。最初はゆっくりでいいから、とにかく言われた通りにやりなさい、と。中島さんは、口調は厳しいが、余計な事は一切言わず、決してイライラせずに僕が作業する手つきをじっと見てくれて、間違ったときにだけきっちりと注意した。何匹も何匹もイカをさばく、永遠に続くかと思われる単調な作業。同じ動作を繰り返していると、体は機械になり、心はどこか遠いところに飛んでいく。刑務所での作業もそうだった。嫌いじゃない。頭を使わないだけ、むしろ向いているのかもしれない。何かひとつのことに集中していると、手の動きとは別に思考が解放される瞬間がある。ここではないどこかへ跳ぶ感じ。中島さんは、斜め向かいの作業場で真剣な目つきでイカをさばきながら、きちんと僕の作業を見てくれていて、時々手を伸ばして僕がさばいたイカの切れはしをつまんで確認し、うん、と頷《うなず》いた。

ムコリッタ、という妙な名前のアパートは、工場の社長から紹介された。初めは社長の自宅の風呂だけ借りて、工場の倉庫に寝泊まりしていた。そこで十日ほど過ごした後、どこか手ごろなアパートを紹介しようと社長が言った。ちょっと遠くてもいいから川べりに住みたいと言ってみたら、丁度いい物件がある、という。

社長が前もって大家さんに連絡を取ってくれたので、日曜日に一人でムコリッタを見に行った。海を背にして工場前の港から川に沿って歩く。コンクリートの地面は大きな橋のたもとをくぐるとすぐに草むらに変わり、ずっと先まで土手が広がっている。川辺の広場では、少年たちのサッカークラブが揃《そろ》いのユニフォームで熱心に練習しており、砂埃《すなぼこり》が立っている。犬の散歩をしている老夫婦がのんびり歩いている。土手の上をヘルメットをかぶり、競技用の自転車に乗った人が颯爽《さっそう》と走り去る。十五分ほど歩くと、ふたつめの橋があり、橋のたもとをくぐると水辺のすぐ脇に、ホームレスの人がつくったと思われるブルーシートの小屋がいくつか並んでいた。

僕は、土手の坂を上がりさらに五分ほど歩いた。社長に教えられたとおり、土手のすぐ下を通る道を挟んだ向かい側に、古びたブロック塀と錆《さ》びた門が見えた。土手を下りて道を渡り、僕は門の前に立った。門の脇に、子供の落書きのような字で『ハイツムコリッタ』と太いマジックで書かれた小さな木片が斜めに傾いて掛かっていた。門を開けて中に入ると、昔ながらの二階建て木造アパートが建っていた。なかなかのボロ具合だ。一階と二階に、それぞれ三部屋ずつあるようで、かなり使い込まれた二槽式洗濯機が、階段下にむき出しで置いてある。かつて赤だったと思われる茶色に錆びた郵便箱は、ブロック塀に沿って上下二列に六部屋分取りつけられている。アパートの前には花壇があり、ピンクと黄色の小さな花々が咲いている。その横には、まだ青い小さな実をつけたミカンらしき木があった。

昭和の匂いを漂《ただよ》わせたそのアパートは、古びてはいるが掃除が行き届いているらしく、決して汚らしい感じはしなかった。むしろ愛着を持って丁寧に使い込まれた古道具のような建物だ。そこだけ時間の流れから取り残されたような空間で、子供のころ時々遊びにいった神社の庭のような懐かしい匂いがした。

待ち合わせ時間になると、階段の上から薄紫色の東南アジアを彷彿《ほうふつ》させる長いスカートをヒラヒラさせ、サンダルでカンカンと大きな音を立てながら女性が降りてきた。手にした鍵の束をジャラジャラさせながら、僕を見るとニコリともせずに会釈した。僕より少し年上に見える。黒い長い髪を腰まで垂らし、着ている服のせいか、女性は妖艶《ようえん》な雰囲気を醸《かも》し出していた。彼女が大家さんなのだろうか。大家さんたるもの、おばちゃんもしくはおばあちゃんだと勝手に想像していた僕は、思いがけず若い女性が現れて少し慌てた。

「沢田水産工業の社長から紹介されて来ました、山田《やまだ》です」と僕が挨拶すると、大家さんらしき女性は、「聞いてます」と無表情のまま僕の目を真っすぐ見て言った。彼女はすたすたと一階の角部屋にまっすぐ歩いていって鍵を挿《さ》し、ドアを開けた。ハイツムコリッタ一〇一号室。僕は彼女の後に続いて部屋に入った。「六畳一間に台所とトイレ、お風呂が付いています。狭いけど」と大家さんは間取りを説明しながら部屋の窓を開け、空気を入れ替えた。畳《たたみ》は日に焼けていたが、い草の匂いが残っていた。僕は、天井に目をやり、押し入れを開けて中に何もないことを確認した。「庭は共用です。洗濯物はそちらに干してください」と大家さんは庭の左手を指さした。サンダルがあれば窓から庭にそのまま出られるようで、左手に物干し竿があり、目の前から右手は畑のようになっていた。大家さんは指で押し入れをさしながら「こっちが東。だから、こっちが西」と、くるっと回って台所を指さし、「ってことは、こっちが北でこっちが南」くるくると回りながら大家さんは自分でも確認するかのように指で方角を示した。そして僕に向かい急に改まって「そして私は、大家の南《みなみ》と申します」と両手をきちんと重ね頭を下げた。

「築五十年ですからね、いろんな人がこの部屋に住んだけど、ここで死んだ人はいないから、大丈夫」

南さんはそう言って、意味ありげに薄く笑った。一体何が、大丈夫、なのだろう。よくわからない。窓から涼しい風が入ってきて僕の鼻先をかすめ、部屋の中を通り抜けた。その風は、ほんの少し川の匂いを含んでいた。

仕事帰り、夕暮れどきの土手を歩く。僕は、河川敷にいくつか並ぶブルーシートの小屋の数を無意識に数えていた。ホームレスの男性が二人、小屋の側《そば》にりんご箱のような木製の箱を置きその上に将棋盤を置いて、夕涼みがてら将棋を指している。台風が来たら、全部簡単に飲み込まれてしまいそうな小さな小屋たち。本当のギリギリを味わうとは、きっとここに住むことだ。僕にはまだそこまでの覚悟はない。アパートのすぐ近くの土手では、小学三年生くらいの女の子が縄跳《なわと》びをしていた。大きすぎるTシャツを着て、短いズボンから小さな膝小僧《ひざ》が出ている。パッツリと揃えた前髪で、後ろはひとつに結び、汗で濡れた後れ髪が頬《ほお》にくっついている。同じアパートの子かもしれない。一生懸命二重跳びを練習しているのだが、どうもタイミングが合わないらしく、ひっかかっては何度も繰り返し挑戦している。

引っ越しの荷物は鞄ひとつだけだった。あらかじめ伝えてあった時間にアパートに着くと、南さんは農作業用の帽子をかぶって、花壇の脇の草むしりをしていた。南さんは僕に気付くと立ち上がり、軍手を外した手でポケットから鍵を取り出し、「ようこそ」と無表情のまま僕の目を真っすぐに見て差し出した。この人はきっと、愛想笑いというものを知らない。きっと、面白くないときは笑わない人なのだ。南さんの目は、他の人より黒目の範囲が大きいようだ。頰にはそばかすがちらばっている。「どうも」と僕が鍵を受け取ると、南さんはしっかり頷き、再び軍手をはめて草むしりに戻った。

部屋に入る。殺風景な部屋。台所には元々設置されている小さな冷蔵庫があり、六畳の部屋には折りたたみ式の小さなちゃぶ台がたたんだ状態で壁に立てかけられ、使い古された平べったい敷布団が隅っこにたたんで置いてある。工場で寝泊まりしていた時のものを事前に社長が車で運んでくれていたのだ。この先何があるかわからないから、できるだけ物は増やさないでおこうと思い、まだ何も買ってない。西日が射し、畳がオレンジ色に染まっている。窓を開けたら風が入ってきた。カーテンくらいは買わないといけないなと思い、何色のカーテンにしようかと少しの間思いを巡らせた。

考えてみると、自分一人だけの部屋に住むのは、これが人生で初めてのことだった。この年になってバカみたいだけど、初めての一人暮らし、という実感が突如湧いてきて、顔がほころんだ。カーテンは薄紫色にしよう。初めて会ったときに南さんが着ていたスカートの色が目の前に浮かんだ。庭に出るサンダルも欲しい。給料日が来たら、きっと買おう。

給湯器付きの小さな浴槽に湯を張って風呂に入った。ステンレスの浴槽は、深くて狭い。でも、制限時間を気にせずに入れる風呂は、それだけで極上だ。生活のひとつひとつが新鮮で、新鮮と感じている自分がちょっと恥ずかしい。ほとんどの人がこの年齢までに通過するべきことを、僕はどれだけしていないのだろう。

風呂上がり、下着だけ穿《は》きコンビニで買っておいた牛乳をコップに注ぐ。僕は昔から、風呂上がりに飲む牛乳には目がない。刑務所の中ではもちろんそんな自由はなかったので、数年ぶりに、しみじみ風呂上がりの牛乳を味わえる。上半身裸のまま窓を正面にして正座をし、夕暮れの風を感じながら一気に飲む。途中で止まってはいけない。一気に飲むのがうまさの秘訣《ひけつ》だ。なぜか意識せずともつい左手が腰にいってしまうのは止められない。飲み干した後の、あ〜っ、も自然と口をつく。どういうわけか、子供のころから僕はこの姿勢で牛乳を飲むのが好きなのだ。僕が、あ〜っの余韻《よいん》を味わっているちょうどその時、玄関のドアをノックする音がした。急いでTシャツを着てドアを開けると、見知らぬ男がそこにいた。

「どうも、ボク、隣の島田《しまだ》。よろしく」

島田と名乗った男は、首から黄ばんだタオルを下げ、屈託のない笑みを浮かべていた。でかい図体に日焼けした顔。何ヵ月も床屋に行っていないと思われる伸び切った髪に無精髭《ぶしょうひげ》。目じりに深く刻まれた皺は、自分より十は年上だろうと思わせた。何の用だろう。僕は、隣人の突然の訪問に戸惑いながら挨拶を返した。

「あ、どうも、山田です」

ぶっきらぼうな声になってしまった。

「うん、普通はね、引っ越してきた方が挨拶するよね。菓子折りのひとつでも持ってさ」

「え」

「いやいや、いいのいいの、そんなこと。それよりさ、風呂貸してくんない？　なんか給湯器がこわれちゃってさ、ここ三日、風呂に入ってないんだよ。暑くなってきたから大変よ」

そう言って島田は自分の脇の臭《にお》いを嗅《か》ぐ仕種をした。手にはちゃっかり洗面器を持っている。図々しい奴だ。そのまま銭湯にでも行けばいいのに。

「あ、今銭湯行けよって思った？」

心を読まれた。顔に出ていたか。

「思ったよね。思ったよ、思ったよ。その顔は思ったよね。ハハハ」

島田は僕を指さして笑った。図々しいだけでなく、失礼な奴だ。僕はむっとし、無言で見つめ返した。島田は続けた。

「今さ銭湯って四二〇円もするのよ。高いよね。ほらボク、ミニマリストだからさ、こう言っちゃなんだけど余裕ないんだよね。さっき風呂入ってたでしょ」

「え?」

「ここさ、壁、薄いんだよ。全部聞こえちゃうの。お風呂入りたいな。ダメ?」

戸惑って何も言えないでいると、

「いいじゃない、ね。今日だけだから。頼むよ」

と、島田はドアに足を挟み、でかい体を強引に部屋の中にねじ入れようとする。

「いやいや、無理です。無理」

無理無理無理無理。無理っていうか、絶対に嫌だ。僕は、両手で島田の体を押しだし、無理やりドアを閉めた。息が上がっている。思いがけない出来事で、動揺している。外ではまだ島田が、「貸してよ、風呂～」などと大きな声で言っているのが聞こえる。厚かましい。あんな奴が隣人なのか。できる限り関わりたくない。やっと自分だけの部屋を得たのだ。誰にも邪魔されたくない。自分だけでいい。自分だけ。つつましく、目立たず、ひっそりと。ひっそりとなんだ？　ひっそりと、死んでゆくのか？

塩辛工場に勤め、二週間が過ぎた。僕の斜め向かいではベテラン社員の中島さんが、口元をきつく結んだまま慣れた手つきで包丁を動かしている。彼女は無駄口など絶対にきかない。だから僕もただひたすらイカと向き合うしかない。僕が作業をしていると、社長がやってきて、

「うん、だいぶ慣れたみたいだね」

とイカをさばく手つきを見て言った。

「単調な作業だからつまらないってすぐに辞めちゃう人も多いけど、長く続けてくれれば、ちゃんと昇給も考えるし。真面目な人間は誰でも、更生するチャンスはあるんだから。がんばって」

社長は僕の肩を強く叩いた。そんな大きな声で言ったら中島さんに聞こえてしまうと僕はひやひやして上目遣いで中島さんをちらりと見た。中島さんは黙々とイカをさばき続けている。聞こえていないのか、もうすでに知っているのか。社長は嫌味のない笑顔で僕を励ます。困っている人を助ける、いいことをする、と決めている人の

顔。ずいぶん助けてもらっていると感謝はしているが、社長の励ましは、ときどき暑苦しい。

昼休みになると、工場の外に出て空気を吸った。相変わらず潮の匂いが混じっている。財布の中を確認すると、千円札が一枚しかなかった。小銭は数円のみ。工場の隣の売店で、最後の千円を使いパンを一個だけ買った。工場脇の堤防をよじ登ると、目の前に川が見渡せる場所に出る。よじ登るにはかなりの腕力がいるので、他に人はいない。僕はいつもここでコンクリートの地面に座って昼ご飯を食べる。工場近くの湾に注ぐ川が、アパート前の川につながっている。川の水は飽《あ》きもせずいつも同じ方向に流れ続けている。僕は、同じ作業の仕事にとっくに飽きていた。今年はいつもよりスルメイカが大漁らしく、だから当然仕事量も多くて、手際よくやらないと定時に帰れないこともあった。ジメッと重たい空気が顔にまとわりつく。まだ六月だというのに暑くなってきた。給料日まであと六日。この分じゃ、それまで金がもたない。社長が貸してくれた金は、アパートの敷金で使ってしまった。これ以上は借りられない。できるだけゆっくりパンを食べたが、あっという間に終わってしまった。おにぎりの方が腹持ちしたかなとか、そんなことを考えるのもわびしい。あと六日間、どうやって乗り切ろう。満たされない腹は、不安をあおる。

あの時、母から渡された二万円はあっという間に使ってしまった。高校にはもう行かなくなっていた。コンビニでバイトはしていたから、自分の食べるぶんくらいはなんとかなった。でもそれで母と住んでいたアパート代までは払えず、家賃が払えないと知った途端に出ていってほしいと大家のジジイに言われた。慈善事業はやってないと余計なことまで付け加えて、手で野良猫でも追い払うような仕種をした。僕は頭を振ってジジイの顔を追い払った。あのジジイの顔を、今は思い出したくない。大きすぎて肩の位置がずれ、汗を吸い込んだ作業着が、湿度の高い空気も吸い込んで急にずっしり重たく感じられた。そろそろ自分のサイズを新調してくれてもいいのではないか。どうせそのうち辞めるだろうと思われているのだろうか。それならそれで、辞めてしまおうか。でも辞めてしまったら、もうあの部屋に戻れなくなる。ごろんとその場に寝転がって空を眺めたら、すごい速さで雲が動いていた。

アパートの門を入ったところで、わざとかと思うくらいカンカンカンと大きな音をサンダルで鳴らし、引きずるほど長いブルーのスカートをはいた南さんと縄跳び少女が階段を降りてきた。そうか、縄跳び少女は南さんの子だったのか。南さんは僕に軽く会釈をし、ブロック塀の脇にとめてあった自転車を門の外まで引いた。やはり無愛想だ。縄跳び少女は近くの土手で縄跳びを始める。南さんはスカートをたくし上げて自転車に乗り、少女に手を振った。僕は、南さんが残したかすかなお香の匂いを鼻の奥に感じながら、自転車で去ってゆく南さんの後ろ姿を見送った。インドっぽいお香の匂い。もちろんインドには一度も行ったことなどないのだが。

郵便箱を確認すると、チラシ類に紛《まぎ》れ、一通の手紙が入っていた。〇〇市役所福祉課という文字が目に入る。見覚えのある市名。それは、昔母親と住んでいた町のすぐ隣の街だった。真っ先に思い浮かんだのは、ついに母親がバカなことをしでかしたかということだった。おそらく絶対にいい知らせではないはずだ。面倒くさいことに決まってる。封を開け、文章を読んだ。難しい漢字が並び、いまひとつ内容が理解できない。どうやら母親のことではないらしい。でも、嫌な予感は当たったようだ。ドクンと心臓が大きな音を立てた。僕は居ても立っても居られず、役所に電話をかけてみることにした。まだギリギリ開いているはずだ。

出所後に買ったプリペイドの携帯電話はとっくに使えなくなっていた。僕は、そのまま土手沿いの電話ボックスまで歩いて行き、なけなしの小銭を公衆電話に入れた。記載されている番号に電話をかけると、電話口に出た女性は、少々お待ちくださいと言い残し、電子音のメロディーを聞かされたまままだいぶ長い間待たされ、その間にまた十円玉を入れなくてはならず、僕はイライラした。やっと出た福祉課の男性は、高い声でたたみかけるように何かを説明した。話を聞いても電話の相手が言っていることが理解できなかったが、矢代大輔《やしろだいすけ》さま、と相手が口にした名前だけは僕の頭に残った。その名前には覚えがあった。僕は混乱していた。話が理解できずに混乱しているのか、理解はしているのに受け入れたくなくて混乱しているのか、僕自身わからなかった。自分の手には負えない、とてつもなく厄介《やっかい》なことを相手が言っていることだけはわかり、頭の中でツーンという音が響いた。口の中に酸っぱい唾がたまっていくのがわかった。その時、電話ボックスの中から土手の上を並んで歩く親子らしい二人組の姿が見えた。やけに奇妙に見えたのは、父親と息子が揃いの黒スーツを着ていたからだ。くたびれた、と味がある、の中間くらいに見える黒スーツ。息子の方はまだ小学三年生くらいだろうか。父親の方は痩《や》せていて、まだらに白髪が交じっていた。ふたりは全く同じ角度で頭を垂らし、足のつま先を見ながら歩いていた。その歩き方から、彼らは疑いようなく親子だった。受話器を耳にあて頭の中のツーンという音を感じながら、僕は並んで歩く黒スーツのふたりを眺めていた。急に息が苦しくなり、額《ひたい》から汗がどっと噴き出した。電話ボックスの中がものすごく暑くなっていることに気付いた。今すぐここから出たいと思い、相手がまだ何か喋《しゃべ》っている途中で、僕は思い切って言った。

「僕には関係ないです」

相手は一瞬黙り込み、さらにまた喋り続けた。と、突然ブツリと電話が切れ、ツーツーという音が受話器から聞こえた。急いで外に出ると吐き気が湧き上がり、かがんで地面に唾を吐き出すと、足元にアリの行列が出来ていた。それを見たらさらに気分が悪くなり、鼻の奥がつんとして何かわからない液体が目と鼻から出てきた。水が飲みたい。さっきの親子の光景が、僕の頭の中に残像として焼きついていた。

給料日まであと二日。いよいよ金がない。本当に数円しか残っていない。あの時公衆電話で小銭を使わなければ、もう数十円は残っていたはずだ。無駄に小銭を使ってしまったことを今更ながら悔やんだ。昨日五十四円で買ったカップうどんが最後の食事になった。仕事をしていれば、まだ空腹を気にしないで済むのだが、今日は残念ながら休日なのだった。寝てしまえば忘れるだろうと、昨日の夜は早く寝た。でも、人はそんなに長くは寝ていられない。早く寝ると早く起きてしまうものだ。今朝早くに目が覚めてから、ずっと耐え難い空腹に苛《さいな》まれていたのだが、布団から起き上がる気にはなれなかった。起き上がったところでこの部屋のどこにも食べ物はないのだから。

鳴きはじめたセミが、やかましい。空腹はみじめだ。それだけで涙が出そうになる。情けない。死んでしまいたい。さっきから顔の周辺を耳につく音をたてて蚊が飛び回っている。数日前から急に暑くなり、窓を開けていないと眠れず、きっちり閉まらず傾いた網戸のわずかな隙間《すきま》から蚊が入ってくるのだろう。少しでも風を感じたいと、窓辺に布団を敷いて寝たのだが、風などまるで入ってこなかった。飛び交う蚊を手で振り払おうとするのだが、そんな行為さえも体力を消耗しそうでもったいない。すでに右耳の下を蚊に食われたようで痒《かゆ》くて仕方がなく、蚊の音を感じる宙でやみくもにパッと手を握ってみたら音が止まった。掌《てのひら》を開いてみると、僕につぶされた蚊が少量の血にまみれてヒクヒクしていた。やった。小さく満足。しかし耳の下が痒い。ああイヤだと掻《か》きむしったら、髭が伸びていることに気付いた。そうか自分は大人になったのだ。もう、あの頃の何もできない子供ではない。食べ物を得るのに万引き以外に何かできることはなかったっけ。万引きしかないのか。それじゃあ子供の頃と変わらないじゃないか。捕まればまたムショに戻るだけ。それでもいいか。食べさせてもらえるだけでもありがたい。でも万引きしようにもスーパーまで歩く体力も気力もない。この状態であと二日我慢できるのか？　人は水だけで何日生きられる？

このまま死んでしまうのか？　空腹で餓死《がし》か？　ありえなくもない。仕方がない。だって、初めからついてないのだから。生まれたときから。たかが、そんな人生なのだ。今更、それを責める気もない。このままじっとしていよう。残りの人生が半分なくてもいいと思っていたじゃないか。思ったよりちょっと早いだけだ。いくつものカップラーメンやコンビニ弁当の容器が散乱している台所あたりで、ハエが飛び交う音がする。ハエの音。ハエの音。飛び交うハエの音。

「亡くなって数週間経過した矢代大輔さまのご遺体が見つかりまして……」

福祉課の人は、電話口でそう言った。死んだらしい。父親かもしれない男が、孤独死したらしい。

「ご遺体の状態が悪かったのでそのまま火葬し、遺骨を保管しております」

状態が悪いとはどういうことだろう。以前何かで見た大量のウジがうごめいている遺体を想像した。遺体から漏《も》れた黒い液体が、死んだときのままの人形《ひとがた》で床にシミを残していた。そして悪臭。子供のとき、母にぶたれた後に隠れた隣家の軒下で見つけた猫の死骸が、鼻の奥が痛くなるくらいの強烈な臭いを発していたことを思い出した。本当に自分の父親なのだろうか。わからない。でも、役所の人からその名前を聞いたとき、懐かしい感じがした。ずっと昔に、自分がその同じ姓で呼ばれていた記憶があった。たしか保育園の途中で母の姓に変わったのではなかったか。

「元の奥様かご長男の山田さんに遺骨の引き取りをお願いしたいのですが、あいにく元の奥様には連絡がとれず……」

母は今、一体どこで何をしているのだろうか。連絡が付いたところで、あの人が昔の夫の遺骨を引き取るとは思えない。だからと言って、僕が引き取る義理はない。僕の少年時代が絶望的だったのは、この人がいなかったせいでもあるのだから。

腹が減るたびに、クソババア早く死ね、と心から願うようになったのは中学の頃だったか。そのころにはもう母親はあまり家に帰らなくなり、たまに帰ってきてはテーブルの上に数千円だけ置いていった。ババアのせいで腹が減る。腹が減ってババアのことを思い出す。それで余計に気分が悪くなる。万引きを始めたのもその頃だった。スーパーやコンビニで、食べ物はもちろん下着やシャンプーなどいろいろなものを盗んだ。三回に一回は捕まったが、うつむいてじっとしていると初めてのところならたいていの場合は許してくれた。だから、一度万引きで捕まったところは二度と行かない、という自分なりの規則を作った。たまに親に連絡すると言われたが、当然母親には連絡がつかず、担任の先生が呼ばれた。初めて呼び出しをくらったとき、先生はそのまま僕をファミレスに連れて行き、ご飯を食べさせてくれた。担任は、若くて女子にモテる男だった。がむしゃらに食べ物を頬張りながら、ふと顔を上げると、先生がまじまじと僕を見ていた。その目は、殺されるのが分かっている可哀そうなネズミでも見ているかのようで、途端に食欲がなくなった。高校に行けたのは、中学三年間担任だったその先生が、たまたま母がいるときに家を訪ね、彼女を説得してくれたからだった。母はごねるわけでもなくすんなりと高校行きを承諾した。良い先生というわけでもなかったし、良い先生であろうともしてなかったけど、仕事だから、という理由で生徒の家を訪ねるような人だった。

しかし、今更そんなどうでもいいことを思い出しながら人生の幕を閉じたくはない。頭の中からせめて母親のことは追い払いたい。それなのにあの赤いヌメヌメした唇の色がよみがえる。真っ赤なヌメヌメが二匹のナメクジのような生き物になり、目を突き出して僕の首筋から耳へと迫ってくる。ハエの音がうるさい。ああ、いっそのこと早く死んでしまいたい。このまま死んでも誰も困らない。そうか、これが孤独死か。耳から真っ赤なナメクジを出したもうひとりの僕が天井から僕を見つめて笑っている。お前は父親と同じ運命だったと、笑っている。僕は、薄目を開けて、天井を見るともなしに見て笑った。開けっ放しの窓の外がなにやら騒がしい。誰かが庭にいる。

「山田さん？」

窓から声をかけられた。隣人の島田だ。

「あのー、山田さん」

動かない。じっと、寝たふりを決め込んだ。

「山田さん？」

島田は網戸をそっと開け、部屋の中に片膝をついて体を伸ばし、窓辺に寝ている僕の顔を覗《のぞ》き込んだ。島田の息が耳にかかる。

「え、大丈夫？　おーい、大丈夫か！」

動かない。動けない。僕はもはや死んでいるのだ。そう思って目を閉じたままでいると、島田は手を伸ばして僕の体を揺すってきた。しかたなく目を開けて視線だけ島田に向けた。

「やだ、生きてた。あー、ビックリした。死んでるのかと思った。ってゆうか、死んじゃうよ、こんな蒸し暑い部屋で寝てたら」

かまわないでほしい。やっとの思いで寝返りを打ち、島田に背を向けた。

「あ、動いた。よかったー。やだよ、隣人が熱中症で死亡とか」

そんなに暑いのか。もう、感覚がわからなくなっていた。水は飲んだほうがよさそうだが。

「これ、庭で採れた野菜。置いとくよ」

島田は、ごそごそと窓辺の床に何かを置いて網戸を閉めた。島田が去っていったことを音で感じ、窓の方に体を向けた。トマトとキュウリがゴロゴロと新聞紙の上に置いてあった。赤いトマト。緑のキュウリ。幻かもしれない。空腹過ぎて幻想を見ているだけかも。むっくり起き上がって実際に手に取ってみたら本物だった。食べていいのか？　くれたのか？　手にしたキュウリをそのまま齧《かじ》った。ポリッといい音が鳴った。その瞬間、ほろ苦さで全身がしびれた。キュウリってこんなに味があったっけ？　これが、瑞々《みずみず》しいということか。あっというまにキュウリを食べ、続けてトマトにかぶりついた。皮がはじけると同時に口の中に甘酸っぱさが広がった。目を閉じて全神経を舌に注いで旨味を感じた。島田が置いていった野菜を一口ずつ嚙《か》みしめ味わいながら頬張った。庭を見ると、島田が畑で野菜を収穫していた。こんなバカらしいほどすぐ目と鼻の先に、簡単に手でもぎ取れる食べ物があったなんて。野菜は畑で採れるのだった。そんな当たり前の事実に驚いた。僕は、食べ物はコンビニかスーパーにしかないと思い込んでいたのだ。野菜を齧りながら、自分でも気付かないうちに涙が出ていた。

今日は給料日、今日は給料日、と朝からただひたすら念じて、一日を乗り切った。作業を終えたときは、めまいがしてふらふらした。着替えていると、社長が来た。

「お疲れ様。ほっとしたよ。すぐに辞めちゃうタイプかな、なんて思ってたから。実はさ、工場の仕事をしながら倉庫に寝泊まりして、どこかに消えもせず、何も盗まず十日間過ごしたのは、この五年間で山田くんが二人目なんだよ」と社長は顔をしわくちゃにして嬉しそうに言った。僕は、空腹で返事もできないでいると、社長は続けた。

「中島さんも言ってた。山田くんはセンスあるって。塩辛、もってってね。来月もよろしく。あとこれね」と、社長は給料明細と僕の体に合うサイズの作業着を渡してくれた。僕はその両方を抱きしめて、心の底からほっとした。

帰りがけに寄ったスーパーで、空腹に耐えかね、すぐに食べられるおにぎりを買い、急いで外に出てスーパーの前で食べた。人の目なんて気にしている場合じゃなかった。とにかくおにぎりを腹に収め、空腹を和らげてから改めて買い物をした。金がなくて今まで買い渋っていた米を五キロ買った。米はずっしり重たくて、僕はヨタヨタしながらやっとの思いでアパートにたどり着いた。

丁寧に米を研《と》ぐ。白く濁《にご》る水。それだけで顔がほころんだ。ここに引っ越した後すぐに、社長から使わなくなった炊飯器をもらっていた。米を炊きたいとずっと思っていた。

米が炊けるまでの間に風呂に入る。自分の部屋で自分の米を食べる喜びを神聖な気持ちで味わいたくて、隅々まで綺麗に体を洗う。儀式みたいなものだ。あと少しで炊きたてのご飯が食べられると思うと唾が湧き出てきた。風呂から出ると、上半身裸のまま、スーパーで買って冷蔵庫で冷やしておいた牛乳パックを取り出しコップに注いだ。開けた窓を正面にして正座をする。僕は固く目をつむり、神聖な気持ちで牛乳を一気に飲んだ。キンと冷えた牛乳は、喉に流れ込み、胃に沁《し》み込んで頭がクラッとした。飲み干すと、ここぞとばかりに、あ〜っ、と心をこめて唸《うな》った。

まだ米は炊きあがらないようだ。もどかしい。焦る気持ちを落ち着かせようと、夕涼みがてら僕は玄関から外に出た。外は少しずつ暗くなり始めていた。ボゴーボゴーと低い声で鳴いているのはウシガエルだろうか。階段の下の方の段に座り、スーパーで配っていたうちわで顔をあおいでいると、二階のどこかの部屋のドアが開き、誰かが階段を降りてきた。僕は立ち上がり、階段の上を見上げた。あ、と思った。それは、いつか見た黒スーツの父親で、彼の後に続き、黒スーツの息子が階段の手すりをまたいで尻を上に向け、うつ伏せにスーッと滑り降りてきた。僕が二人に会釈すると、父親の方が、ほんの少しだけ口角を上げて礼儀正しく頭を下げた。もともと幸薄い顔にかろうじて笑顔を張り付けたような表情だった。

「どうも。二〇一号室の溝口《みぞぐち》と申します。これは息子の洋一《よういち》です。ねえキミ、挨拶しなさい」

父親にキミと呼ばれた洋一は、僕と目を合わさずに、ほんの少し頭を下げた。彼らが自分の部屋の真上に住んでいたなんて。僕は、この偶然に驚きつつ、なんとも愉快な気持ちになった。僕は、

「山田です」

と挨拶したが、そっけない言い方になってしまった。もっと丁寧に挨拶すればよかったと後悔した。むしろ愉快な気持ちだったはずなのに。先日引っ越してきました一〇一号室の、とか、これからお世話になります、とか、なぜひとこと気の利いたことが言えないのだろう。僕はそのまま部屋に向かい、去ってゆく親子を背後に感じながら、自分に呆れてうなだれた。

部屋に戻ると、炊飯器の正面に付いている小さなライトが青からオレンジに変わっていた。米が炊けたのだ。一呼吸してから、ゆっくり蓋《ふた》を開けた。もわっと湯気が立

ち、何ともいえない米の匂いが鼻をついた。胸が高鳴った。茶碗にしゃもじで米を盛る。できるだけ綺麗に、こんもりと。大盛だ。作っておいた味噌汁と炊きたてのご飯をちゃぶ台に並べる。工場から持って帰ってきた二瓶がセットになった塩辛を持ってきて急いで包装を剝《は》がした。夕飯を前にして、正座し、手を合わせた。いただきます。ご飯を口に運んだ。あぁ、なんということだろう。うまい。うまい米ってどうしてこんなにうまいのか。うますぎて泣けてくる。

瓶の蓋を開け、塩辛をご飯の上にのせる。米の白の上にイカ墨の深い黒が融合する。色合いといい旨味といい、芸術的な相性だ。塩辛はやはりご飯と一緒でないといけない。塩辛工場に勤めてよかったと初めて心から思った。ずっとコンビニのおにぎりや弁当、カップラーメンなどが続いていたから、温かいまともなご飯は久しぶりだった。もう一杯山盛りお替りをして、やっと空腹が満たされた。味わって味わってご飯を食べて、久しぶりに救われた気分になった。だからだろうか。ほんの気の迷いだった。開けてない塩辛がもう一瓶あることに気付き、それを持って部屋を出た。隣の部屋のドアをノックし前で待つが、彼は出てこない。引き返そうとすると、アパートとブロック塀の間から頭にタオルを巻いた島田が現れた。畑仕事を終えたばかりのようで、全身汗まみれだった。島田は着ていたTシャツを脱いで階段下の二槽式洗濯機の中に放り込んだ。続いてズボンも脱ぎ、よれよれのトランクス姿になったところで僕に気付いた。

「山田くん、何？」

ズボンも洗濯機の中に入れ、たるんだ腹を手で掻きながら島田は僕の方を向いた。

「あの、こないだの野菜のお礼に」

意図せず焦ってしまい、言い訳するように島田に塩辛の瓶を差し出すと、彼は腹を掻いていた手で無愛想に塩辛を奪い、それをまじまじと見て、

「塩辛？　ふーん、ありがと」

と言った。ふてぶてしい態度で全然嬉しそうじゃない。余計なことしなきゃよかった、と後悔しながら部屋に戻ってドアを閉めようとした。ところが、ドアが閉まらない。下を見ると、ドアに誰かの足が挟まっている。次の瞬間、そのドアがガッと思い切り開かれた。驚いていると、島田が僕の目の前に塩辛を差し出した。

「ってゆうかさ、山田くん。お礼なら、塩辛より風呂貸してくんない？」

「は？」

「これ、返すから。ね、風呂貸してよ。さっき入ってたでしょ。ボク、畑仕事してもうドロドロよ」

「いやぁ、それはちょっと……」

「銭湯高いんだってば。四二〇円よ。大金よ。ね、貸して。頼むよ」

島田は強引に自分の大きな体を部屋に入れこもうとする。

「いや、そんな、急に言われても、心の準備が……」

「心の準備なんていらないでしょ。風呂は沸いてるんだから、準備は万端。ね」

「でも、あの……」

島田は無理やり部屋に入ろうとする。

「いやいやいやいや……」

全力で島田の体を両手で抑え、これ以上入ってこられないようにしたが、島田は負けじと体をねじ込んだ。

気付いた時には、

「あ〜っ」

と、エコーした島田の声が風呂場から聞こえてきた。なんなんだ。返された塩辛の瓶を見つめ突っ立ったまま、まったく腑《ふ》に落ちない僕がいた。

土手の芝が青々と茂っている。仕事からの帰り道。歩く自分の影が前に長く伸びている。ジョギングの男性が僕を追い越していく。アパートの近くまでくると、南さんの娘が縄跳びをしていた。ずっと二重跳びに挑戦しているようなのだが、まだ成功していないらしい。彼女は何度も縄に足を引っかけ、その度に体勢を立て直す。その表情は極めて真剣だ。真剣なだけに、なぜあれほど練習しても成功しないのか気になって、僕はその場にたたずみしばらく観察してみた。おそらく、タイミングの問題だ。縄を回す手と跳ぶ足に連帯感がない。あとほんの少し跳ぶタイミングを早くすれば、きっと成功する。僕は彼女にアドバイスしようと思ったが、同じアパートに住んでいるというだけで彼女にとってはただのヘンなおじさんであるかもしれず、突然声をかけて怯《おび》えられたらどうしようかと思い、迷ったあげくそのまま立ち去った。川のほとりに一本立つ木の陰に、鮮やかな緑色のTシャツを着ているホームレスのおじさんが座り込んで川を眺めながら美味《おい》しそうにタバコを吸っていた。そこだけ特別にゆったりとした時間が流れているようで優雅だ。羨《うらや》ましい。だけど、何にも縛られない自由には、何からも守られないギリギリの生が伴う。僕は、そこへ行こうと思えばいつでも行ける。思っているより案外簡単なのだろう。ただ、行くのは今じゃないと強く自分に言い聞かせる。今はまだ、僕の部屋で僕のご飯を楽しみたい。夏が来たといっても日陰にいればまだ気持ちの良い風が吹いている。彼は日陰の位置を追いかけて少しずつ移動するのだろうか。

土手の下の方から、妙な音が聞こえてきた。音楽になっていそうでなってないような音。誰かが何かを吹いている。ハーモニカ？　気になって、土手を下って川の方へ降りてみた。音のする方に歩いて行くと、黒スーツ親子の息子の洋一が、土手沿いにできた山の上でひとり、ピアニカを吹いていた。ああ、そうか、ピアニカの音だ。小学生の時、吹いた気がする。その場所は、つる草が伸びて茂みを形成し、山の半分が陰になっていた。僕は茂みの陰に入った。よく見ると、洋一が座っているのは不法投棄のゴミ山で、壊れた本棚《ほんだな》、汚れたぬいぐるみ、子供用の椅子、ブラウン管テレビ、車のタイヤなどが集められ、土手に寄りかかるようにして山積みにされており、僕の背よりもやや高いくらいになっている。そして山の周りを何台もの古く汚れた公衆電話や黒電話が囲んでいた。墓場だ、と僕は思った。使われなくなった物たちの墓場。気付くと、洋一はゴミ山の上から僕を冷めた目で見下ろしていた。ここは彼の秘密基地なのだろうか。洋一は今日も黒スーツだった。ピアニカの音はとっくに止まっていた。

「こんにちは」

と僕は慌てて挨拶をした。洋一は無言のまま僕をじっと見つめている。

「ずいぶん素敵な場所だね」

僕は取り繕《つくろ》おうとしたが、やはり彼は無言のままだった。いたたまれなくなり、そのまま帰ろうと踵《きびす》を返すと、「ミー」とピアニカの音がした。振り向くと、彼はもう一度無表情のまま、「ミー」と鳴らした。二回目の「ミー」の音が、明らかに一度目よりも優しく感じられ、僕を見下ろす彼の目は、決して怒っていなかった。僕は、彼が基地に入っていいと言ってくれたのだと理解し、「お邪魔します」と頭を下げて、再度茂みの陰に足を踏み入れた。ゆっくり不法投棄のゴミ山を見渡しながら山の周りを歩いた。まだまだ使えそうなものがありそうだった。ゴミ山に近づいて一歩上がり、周辺を物色すると、その中に古い扇風機を見つけたので手に取った。

「これ、もらっていいかな」

と尋ねると、洋一はピアニカで「ソー」と返事をした。否定的な音には聞こえなかったので、それを良い返事だと解釈し、僕は彼に挨拶をしてその扇風機を持ち帰った。

暑い。死ぬほど暑い。その日は休日で、僕は窓辺に敷いた布団の上で寝ていた。付けようと思っていたカーテンをまだ買っておらず、陽が直接部屋に射してきて、余計に気温を上昇させる。ゴミ山から拾ってきた扇風機は、僕の頭上で今にも壊れそうな音をたてながらなんとか動いていた。窓を全開にしているが、涼しい風など一ミリも入ってきやしない。窓の外がざわつき、また裏庭にあいつが来た気配がする。

「あっつ〜、夏だよ夏っ」などと、当たり前のことをわざわざ大きな声で言っている。頼むから、今日はこっちに来ないでくれ。網戸がガッと乱暴に開けられ、島田が窓から顔を出した。

「いつまで寝てんの？」

島田は寝ている僕の顔を見下ろして、面白そうに笑っている。寝ている隣人を起こすのがそんなに楽しいか。不愉快だ。島田は僕の頭上で動く扇風機に気付き、

「あぁ！　扇風機、買ったの？　買ったんだ。買っちゃったかー。なんだよ、どうせならクーラーにしようよ」

と大げさにがっかりしてみせた。僕は目をつむったまま寝返りをうち、島田に背を向けて言った。

「もらったんです」

「だったら、クーラーもらってよ。まったく」

見当違いもはなはだしい。答えたくない。

「ほーら、ダメだよ、こんないい天気なのに、いつまでも寝てちゃ。ほら、起きろっ！」

と、島田は部屋の中に両膝をつき、腕を伸ばして持っているキュウリの先で僕の頬を突いてきた。

「やめ、やめてください」

手で払っても島田がしつこくキュウリの先で僕の顔を突くので、頭にきてガシッとキュウリを右手で摑《つか》んで奪い取った。僕は、島田に背を向けたまま、奪ったキュウリをしげしげと眺めた。立派なキュウリである。島田は自慢げに言う。

「ボクが作ってるの。この猫の額みたいな庭で。すごいでしょ」

そうだ、この立派なキュウリは島田が庭で作っているのだった。むっくりと起き上がって、改めて窓外の庭を見てみる。僕の部屋の右隣、島田の部屋の前からその隣の部屋の前まで、狭いながらも綺麗に整理された畑が広がっていた。島田は嬉しそうに満面の笑みで言った。

「ねえ、ちょっと手伝わない？」

「え」

「手伝ってよ」

「いや、いいです」

僕は思い切り首を振るが、島田はしつこく返す。

「ちょっとだけ」

「疲れてるんで」

「ちょっとだけだから」

「無理ですって」

しっかり断ったはずなのに、僕は今どういうわけか島田に借りたサンダルを履き、麦藁《むぎわら》帽子をかぶって畑仕事を手伝っている。島田はしつこいのだった。島田に指示された通り、はさみを使ってトマトを採る。トマトの青臭さが、茎《くき》を切るたびに新鮮に匂う。青い匂いってこんなだったかと思った。慣れた手つきで野菜の手入れをしている島田が自慢げに言った。

「結構いろんなものが採れるんだよ。ナスでしょ、キュウリにトマト、ジャガイモも美味しいよ。シソとかニラなんかもね。たくさん採れたら近所の人にも分けたりしてさ」

「こないだは、助かりました」

「へ？」

島田は意味がわからないという顔をした。

「キュウリとトマト。あの時、引っ越してきたばかりで、給料日前で金なくて、本当に腹減って死にそうで」

「なんだ、そんなこと、もっと早く言ってくれればいいのに。死にそうなときは、死にそうですって大声で言わなくっちゃ。本当に死んじゃうよ」

島田は、仕事する手を止めずに続けた。

「ほら、ボク生活キツイでしょ。生きてゆくのがやっとなの。だから、夏の間はできるだけ自給自足して、現金は冬に備えて貯める、みたいな」

ついふっと笑ってしまった。

「アリだ。アリとキリギリスのアリ」

島田はちょっとムッとした様子で、「アリじゃないよ。アリじゃなくてミニマリストね」と言った。

「え？　ミニマ……？」

「ミニマリスト。地位や財産、すべてを手放したシンプルライフ？」

「それって、いわゆる……」

僕が言いよどんでいると、島田はすかさず、

「違うよ。ダメ人間じゃないよ。みんな結構間違えるけど、全然違う。思想があるからね」

と、ムキになって言った。

「でも、ある程度のお金は必要でしょう。思想じゃ風呂は修理できないし」

僕がそう言うと、島田は急に顔を曇らせ、

「ダメなのよ、それが。社会性なくてさ、ボク。精神的にも弱いし」

と言う。が、次の瞬間、ぱっと笑顔に切り替わり、

「でもさ、ほら見てよ、この立派な野菜」

と採れたての野菜を手に取って言った。

「このキュウリなんてさ、切ってマヨネーズつけるだけでメッチャうまいんだから。山ちゃん、毎日イカの塩辛しか食べてないんでしょ」

余計なお世話だ。なんで我が家の献立《こんだて》を知ってるんだ。

「土に触って汗かいて、育った野菜を食べるとさ、生きててよかった〜って思うんだよね、こんなボクでも。これぞまさに、自然の恵み？」

島田は大げさに両手を空に掲げてそんなことを言っている。クサい芝居のセリフのようだ。なんてことを思っていると突然、体格の良いジャージ姿の男が庭に現れた。

島田よりもさらに背が高くてガタイも良く、島田とは違い無駄な脂肪がなく引き締まった身体をしている。彼はツルツルに光る坊主頭で、恐ろしく目つきが鋭い。その目で僕を一瞥《いちべつ》した後、首に下げたタオルを坊主頭に巻き、無言のまま畑作業を手伝い始めた。島田が男に声をかける。

「よお！」

島田の声には反応せず、男は黙々と農作業をしている。

「ガンちゃん、こっち山ちゃん。山ちゃん、あっちガンちゃん」

「どうも」

と一応挨拶してみたが、男は無反応だった。

「ボクの幼馴染《おさななじみ》ね」と島田は言った。あの面構えはおそらく只者ではない。きっと社会のルールを守らない悪い組織に属していらっしゃる方に違いない、と僕はガンちゃんと呼ばれた男の背景を想像した。

その後、僕たち三人は、黙々と畑仕事を続けた。僕は島田に言われたとおり、畑に茂る雑草を刈っていった。やったところが目に見えて綺麗になっていくのは達成感があり、だんだん面白くなって作業に集中した。しばらくするとTシャツがぐっしょりと汗で濡れ、自分から発する臭いが腐った酢のように感じられた。島田があれだけ風呂に入りたいと言ってきた意味がやっとわかった気がした。僕に断られ風呂に入れなかった島田は、その間どうしていたのだろう。部屋の台所で頭を洗い、水浴びでもして我慢していたのか。想像して、ちょっと気の毒になった。ガンちゃんと呼ばれた男は、農作業を終えるとすぐに帰っていった。結局彼とは一言も口をきかなかった。僕は、彼の目つきの鋭さにどうしようもなく恐怖を感じ、最後の挨拶さえもできなかったのだ。

風呂から出てさっぱりする頃には、すっかり日は沈んでいて、気付けば島田も僕の部屋でくつろいでいるのだった。窓際に置かれたむき出しの蚊取り線香がじりじりと燃え、まっすぐ上に煙を放っていた。扇風機は相変わらずの頼りなさで情けない音を発しながら動いている。すでに風呂上がりの島田は、扇風機の風が自分のところに当たるように調整し、ちゃぶ台でイカの塩辛と野菜スティックを肴《さかな》に、僕が週末に飲むために買っておいた貴重な発泡酒を勝手に飲んでいた。

「あ〜、たまらん」

島田の声はいちいちでかい。体もでかいし態度もでかい。島田の肌は妙に艶々《つやつや》していて、それを見たら無性にイラッとした。僕は冷蔵庫から牛乳パックを取り出しコップに注ぎ、いつものように窓を正面にして正座をし、上半身裸のまま一気に飲んだ。あ〜っ。労働の後のこの一杯がたまらない。僕が余韻に浸っていると、島田が、

「え、なに山ちゃん、風呂上がりにビールじゃなくて牛乳？　子供みたいだね」

と言ってきた。僕は、正座のまま首を回して顔だけ島田に向けて言った。

「あの、勝手に冷蔵庫開けないでもらえますか」

「まあああああ」

「それに、僕より先に風呂入んないでください」

「まあまああ。いいからいいから、ラクにしてよ」

この男は、基本とても図々しいのだ。こっちが遠慮しているといい気になってつけあがり図に乗り、人の領域にズカズカと土足で入ってくる。僕は納得できないまま、冷蔵庫から自分の分の発泡酒を出して島田の向かいに座り、目の前の皿に綺麗に並んだキュウリをつまんで食べた。

「うまっ」

思わず声が出てしまった。

「でしょ。うまいでしょ」

島田は自慢げに笑みを浮かべている。

ニンジンも食べてみた。やはりうまい。ポリポリと小気味よく音が立ち、ニンジンの甘味が口の中に広がる。

「シアワセでしょ」

と島田が言った。

「え」

一瞬体の動きが止まる。その言葉に、胸の奥がザワザワする。

「シアワセなのよ。ね。ささやかなシアワセを細かく見つけていけばさ、なんとか持ちこたえられるのよ。こんなギリギリの生活でも」

これがシアワセということなのだろうか？　確かに今までの暮らしの中では、ご飯を食べて心からうまいと思えることすらなかった。だけど、こんなちっぽけなことでもシアワセだと言えるのか？　考えていると、島田は続けた。

「そういうもんよ。山ちゃんなんてさ、ちゃんと仕事もあるんだし」

「契約です。いつ切られるかわからないし。ギリギリです」

「そっか。山ちゃんもギリギリか。じゃあなおさら、畑、手伝ってもらわないとね」

「え」

これが習慣になって、休日のたびに当たり前のように畑仕事を手伝わされたらたまらない。僕の気持ちを見透かしたように島田は笑った。

「ハハ、そんな顔しなくても」

僕は誤魔化すように発泡酒を開けて飲んだ。

「貧乏で孤独だと、そりゃ行き詰まっちゃうけどさ、でも、ボク、金持ってませーん！　って大声で言えば、なんとかなるよ」

と島田は右手を挙げて嬉しそうに言った。そんなもんだろうか。

「昼間の彼も、その、アレ、ですか？　ミニマム……」

ガンちゃんと呼ばれた男を思い出していた。

「ミニマリストね。いいや、ガンちゃんは、そこの寺の坊主。ああ見えて、ちゃんとお経読めるんだよ。ま、最近は葬式でも坊主を呼ばない人が多くて困ってるみたいだけどね」

「坊主？」

だから光るほどツルツルの坊主頭だったのか。それにしても人に恐怖を感じさせるあの鋭い目つきで仏様と通じているなんて。人を見かけで判断してはいけないということか。僕は、ガンちゃんが坊さんであることを知り、前から気になっていたことを島田に聞いてみた。

「葬式に坊さん呼ぶと、いくらくらいするんですか?」

島田は箸《はし》で塩辛をつまみながら言った。

「ピンキリだよ。なんで?」

ためらいはしたが、発泡酒で普段より口数が多くなっていたのか、気が付いたら島田相手に話し始めていた。

「こないだ、役所から連絡があって……。遺骨を引き取れって」

「誰の?」

「父親……、らしい人」

「え」

「四歳のときに両親が離婚して母親に引き取られたんで、ほとんど父親の記憶がないんです。顔すら覚えていない」

「で?」

「……関係ないって、言いました。どうしたらいいか、わからないし」

僕がそう答えてから、ずいぶん長い沈黙があった。島田は箸を置き、じっと考えこんでいるようだったが、やがて低い声で静かに言った。

「ダメだよ」

「え」

「ダメだ。山ちゃん、それはダメ」

「いや、でも、ほとんど他人ですよ。遺骨を引き取れば、それはそれで今度は葬式とか墓とか、いろいろ金がかかるし……」

「そんなことどうだっていいよ」

「引き取る義理なんてないです」

言い訳するような気持ちで、つい大きな声が出てしまった。

「でも、山ちゃんの父親がどんな人だったとしても、いなかったことにしちゃダメだ」

島田はいつになく厳しい表情で、怖いくらいだった。

窓辺に布団を敷いて横になった。隣の部屋からは物音ひとつしない。島田はすでに寝ているのだろうか。電気を消すと、暗がりに蚊取り線香の煙の白い筋がぼんやり見えた。島田に言われたことのせいか、僕は小学生のとき唯一の友達だった八島《やじま》くんと、好きだった三島《みしま》さんのことを久しぶりに思い出した。遠い昔、僕はいなかったことにされたことがある。

僕はいつも同じ薄汚れたズボンとTシャツを着ていたから、クラスの女子からは臭《くさ》いといわれ、隣の席になるのを嫌がられた。友達は、吃音《きつおん》のひどい八島くんだけだった。八島くんは、僕以外の人とはほとんど喋らず、目立たないようにいつも大人しく教室の隅っこにいた。八島くんは僕に、吃音を治すための病院に行っていることをこっそり教えてくれた。僕は、八島くんの喋りだそうとして最初の言葉を何度も言ってしまうときの、左の頬が引きつりヒクヒクしている顔が好きだった。

隣のクラスの三島さんという女の子は、お父さんがおらずお母さんが病気で入院しているので児童養護施設から学校に通っているらしい、という話を八島くんから聞いた。八島くんが吃音交じりに発した児童養護施設、という言葉がとても恐ろしく響き、自分も母が入院したらそこに入るのだと思ったら怖くなった。そして、母が病気で入院しないように神様に祈ったのだった。三島さんは、明るく勉強のできる子で皆の人気者だった。いつも清潔な服を着ていたし、ふたつに結んだ髪にはキラキラした髪飾りがついていた。明らかにあのころの自分よりずっとまともなものを食べ、まともな生活をしていたであろうに、それでも僕は、児童養護施設なんて場所にいる三島さんが自分よりもかわいそうな子だと思っていたのだ。

八島くんは私立の中学校に行った。中学生になって初めての夏休み、八島くんを町で見かけた。声をかけようとしてやめた。一緒にいた友達と喋っていた八島くんは、すっかり吃音が治っていて、大声で楽しそうに笑っていた。その顔はまるで別人のようだった。八島くんは僕に気付いて、そして、顔をそむけた。僕は、その瞬間に、あそうか、八島くんはもう二度と僕とは喋らないのだと理解した。八島くんともう友達ではないということよりも、八島くんが最初の言葉を発する時の左頰のヒクヒクがもう見られないことのほうが、僕をずっと寂しい気持ちにさせた。

僕と同じ公立中学校に行った三島さんは、どんどん素敵な女の子になっていき、学級委員なんかやっていて、とっくに手の届かない存在になっていた。二年の時に同じクラスになり、席も近くになった。気付くと僕はいつも三島さんを目で追いかけていた。でも、僕がどれだけ強く彼女を見つめても、三島さんは絶対に僕と目を合わそうとしなかった。明らかに、僕を避けていたと思われる。自分よりかわいそうな子だと僕が思っていたのを見透かしたように。

今更だが、いずれ僕を捨てることになるのだったら、母はもっと僕が小さいころにさっさと捨ててくれていれば、もしかしたら三島さんと同じ児童養護施設で一緒に過ごせたかもしれないと思った。そうしたら、三島さんは僕を無視しなかったかもしれない。そして現在とは全く別の、もっとましな人生が待っていたかもしれない。そんな想像をしたら、かつて無駄に母の健康を神様に祈ってしまった幼い自分を恨《うら》んだ。

頭の中に、またあの日見た生々しい生き物みたいな母の赤い唇がよみがえってきて喉《のど》の奥が苦くなった。慌てて頭の中のイメージを小学生時代の三島さんの顔に切り替えようと額にある架空のスイッチを連打した。

塩辛工場でいつもの作業をしていた。いつの間にか、足元のバケツは、くり抜いたイカの眼でいっぱいになっていた。たくさんのイカと目が合う。昨日の島田の低い声が頭の中で響いた。

「ダメだ。山ちゃん、それはダメ」

イカの眼を両手ですくい取ってみた。たくさんのイカの眼が、僕を睨《にら》んでいた。突然胸がぎゅうっと締め付けられるような気がした。息が上がり、その場に立っていられなくなり、慌てて工場の出口に向かった。驚いた顔で僕の方を見ている中島さんが視界の隅に見えた。呼吸を整えるために無理やり深呼吸を何度か繰り返した。頭の中に島田の声が何度も響き渡った。その場に座り込み肩で息をしていたら、僕の背中をさする人がいる。中島さんだった。彼女の小さな手は、今まで冷たいイカを触っていたとは思えないほど熱かった。中島さんは、口元をきつく結び、黙ったまま僕の背中を力強くさすってくれた。

　翌朝、工場に電話をして具合が悪いと言って休みをもらい、長距離バスのターミナルに向かった。引き取るかどうかはまだ決断できていないが、とにかく父の遺骨があるという街の役所に行ってみようと思った。僕が生まれ育った町のすぐ隣の街へ。風向きのせいか、初めて工場のあるこの街に降り立ったときのような潮の香りはしなかった。バスがやってきたとき、もしかしたらこのまま帰らないかもしれないという思いが一瞬よぎり、躊躇《ちゅうちょ》した。でも今行かないと、おそらく絶対にもう二度と行こうとは思わないだろう。僕は僕を睨んだイカの眼を思い出し、勢いをつけてバスに乗り込んだ。空が開けた平野の街から内陸に向かってバスが進むにつれ、あっという間に周囲は山々の景色へと変わった。これからバスに揺られ、中部地方の街に向かう。二度と訪れるまいと決心した僕の生まれ育った町、母と過ごした町のすぐ近くへ。

　母と一緒に住んでいたアパートの部屋はいつも散らかっていた。うちにいるときの母は機嫌が悪いか酔っぱらっているかのどちらかだった。機嫌が悪いときは、僕が喋ると怒るし、動いても怒るので、できるだけ大人しくじっとしていようと心掛けた。酔僕は、ここにいるけどここにいない透明人間になっていると自分に言い聞かせた。酔っぱらって帰ってくる母はいつも、服も脱がず顔も洗わず、敷きっぱなしの布団に転がり込み、なにやら特別な呪文のようなものを大声で唱えるのが癖《くせ》だった。僕は小学二年生になり、やっとそれが呪文でもなんでもなく、九九の七の段を逆から言っているのだと知った。僕が学校から帰ってきて家で一生懸命九九を覚えていると、仕事に出かける前の夕方、化粧をしていた母がふと手を止めて、鏡越しに僕を見てふっと微笑《ほほえ》んだ。いつも僕を見ては眉間に深い皺を寄せてイライラしていた母が、そんな風に微笑んだのを、僕はその時初めて見た。舞い上がるように嬉しくなり僕は必死になって九九を覚えたのだった。

年に一、二度、母は僕を置いて旅行に行った。旅行前の母は機嫌がよく、お小遣いもたくさんくれた。いつもより時間をかけて丁寧に化粧をし、大きな鞄を持って、じゃあ明後日帰るからね、とそういう時ばかり僕の頬っぺたにちゅっとして、べったりと僕の頬に赤い色をくっつけるのだった。口紅の独特な臭いが僕を覆い、僕は、頬っぺたについた赤が繁殖して僕を全部飲み込んでしまうような気がして恐ろしくなり、母が出ていくとすぐに石鹸《せっけん》でごしごしと頬を洗うのだが、それはなかなか落ちず、指でこすると指にも付き、家中のいろんなところに擦《こす》り付けて一刻も早くその赤から逃れようとした。頬っぺたに赤が付いた日は不安でなかなか眠れなかった。僕は布団をかぶって、母の真似をして九九の七の段を逆から大声で暗唱した。それはいつの間にか幼い僕にとって、眠れない日の儀式になっていた。しちくろくじゅうさん、しちはごじゅうろく、しちしちしじゅうく……。

母親と住んでいたアパートを追い出された後はずっと他人の家に居候だった。その頃はゲームセンターで知り合った仲間と三人でチームになって万引きをしていた。ある時スーパーで万引きGメンに見つかり、いざヤバいとなったとき、仲間二人はさっさと逃げて自分だけが捕まった。そのまま警察に連れていかれたが、初犯ということで不起訴になった。外に放り出され、一緒に万引きした仲間のひとりに連絡し、彼の家に泊めてもらったのだが、二泊した後、彼の母親から、あんたみたいな人間にうちの息子と付き合ってほしくないと言われ、彼の家を出た。もうひとりの万引き仲間のアパートに転がり込むと、彼の彼女というのがやってきた。夜寝ていると、その彼女が僕の上に裸で乗っかっていた。横で寝ていた彼が気付き、一発アウトだ。それからは、知り合いと呼べるかもわからない人の家を次々に回った。二、三日して鬱陶《うっとう》しがられるとすぐに別の知り合いのところに行ったり、町で声をかけてきた女の子の家に泊まったりした。転々とするのに飽きると、誰も知り合いのいない場所に行きたいと思い、上京して寮完備の建設現場で働くようになった。現場のおじさんたちは怖い人が多かったけれど日給に不満はなく、一生懸命働けばちゃんと評価してくれた。お金を貯めて、いつかアパートを借りようと思っていた矢先、寮で同室だったナイジェリア人と喧嘩《けんか》した。彼は、国に妻と娘を残して一人で出稼ぎに来ていた。毎晩真面目に日本語を勉強していた。だけど、勉強した日本語をすぐに活用したかったのか、おしゃべりなヤツで、何かと話しかけてくるのがうざかった。日給いくら？　昨日何食べた？　明日何時に起きる？　いちいち聞いてくる。彼がおしゃべりなのは、日本語がうまくなりたいだけではないとわかっていた。寂しかったのだろう。わかっていたけど、僕は彼に優しくする方法を知らなかった。あまりにしつこくて我慢できなくなり、オレにかまうなと一度怒鳴ったら、人種差別だと言い出した。面倒なので無視していたら、大きな声で自分の国の言葉で歌いだした。明日も早いから眠らせてほしいと丁寧に頼んだが、いやがらせの歌が続いたのでぶん殴《なぐ》ったら、仕事を辞めさせられた。社員寮を追い出され、ネットカフェで寝泊まりした。

二十代後半になると、それまでひっきりなしにあった日雇いのバイトに呼ばれなくなった。知り合いに、金になるバイトがあると言われてついていくと、明らかに怪しい事務所でスーツを渡された。それを着て、言われた場所に行き小包を受け取ってこいと言われた。ヤバい仕事だとはわかっていた。でも、自分の中でやらないという選択肢はなかった。いわゆるオレオレ詐欺の受け子として捕まったとき、窃盗で捕まっている過去もあり、二年の実刑が決まった。そして僕は刑務所で三十歳を迎えた。外の景色を見ないようにバスの窓から顔を背けた。ひとりで死んでいった父親とあの母親の元に生まれてきた時点で、そもそも僕のスタートラインは他の誰よりも後ろの方にずれていたに違いない。再びあの赤いヌメヌメの生き物に頭を支配される前に、寝てしまおうと目を閉じた。

バスを乗り継ぎ三時間以上かけて、ようやく父の遺骨があるという街にたどり着いた。僕は通知書の送付元である市役所に向かった。福祉課に問い合わせ、しばらく待たされた後に担当らしき人がやってきた。セットされた短い髪で、皺ひとつないスーツを着込んだ清潔感のある男性で、僕を個室に案内してくれた。彼は僕に名刺を差し出し、一度きちんと頭を上げた後、堤下《つつみした》と名乗った。背筋が伸びた落ち着きのある喋り方をする人で、ずいぶん年上に思えるが、おそらく四十歳手前くらいだろう。堤下から父親の死亡状況を説明された。袋に入った遺留品を渡され、中を確認した。通帳と印鑑、時計、携帯電話、期限の切れた免許証。免許証の顔写真を見た。知らない男の顔。これっぽっちも自分の父親だという気がしない。似ているとは思えないし、なんの感情もわかない。免許証の生年月日を見て、年齢を確認した。五十八歳だった。

まだ若いのに不摂生な生活をしていたのか。二十七歳の時に僕が生まれたことになる。ずいぶん若くして子供がいたんだな、と他人事のように思った。今の僕に子供がいるなんて想像すらできない。亡くなる前は生活保護を受けながら、介護施設で清掃のアルバイトをしていたらしい。通帳をめくると、残高は数百円だけだった。火葬料は、部屋にあった現金で相殺し、残りは自治体が負担したという。堤下は淡々とした口調で、自治体が負担した分を僕が支払えるかと聞いてきた。僕は慌てて首を振り、出所したばかりで日々の生活もままならないということを言い訳がましく告げると、堤下は表情を変えずにわかりましたと頷いた。どうやら支払いは免除されたらしい。事務的な手続きを一通り終え、遺骨が保管されている場所に連れていかれた。

堤下の後に続いてその部屋に入った。床から天井まで部屋の壁という壁が扉のないロッカーのようになっており、そこにぎっしりと骨壺が並んでいた。堤下は、慣れた手つきで白い手袋をはめ、手にしたメモと記載された番号を照らし合わせ、白い陶器の骨壺をひとつ取り出した。丁寧に骨壺をステンレスの台の上に置く。

「こちらが、矢代大輔さまのご遺骨でございます」

堤下は言葉遣いも丁寧だった。僕は、部屋全体を見回して、そこに並んだ骨壺の多さに愕然とした。

「もしかして、これ全部……」

「無縁仏です。一年間保管して、引き取り手が現れなかった場合は、共同墓地に埋葬します」

堤下は冷静に言った。すぐには返す言葉が見つからなかった。

「中には、お名前がわからないご遺骨もあります」

「それはつまり」

「ホームレスの方ですとか」

「あの……、堤下さんは、父の火葬にも立ち会ってくれたんでしょうか」

父、と言うのにためらいがあった。

「はい、私がお見送りいたしました」

「他に、誰か……」

「火葬場の方以外は、私、ひとりでした」

「そうですか。どうも、ありがとうございました」

「いいえ」

堤下は、新しい白布をビニール袋から取り出し、骨壺を几帳面な手つきで包み始めた。

「どんな、顔してましたか、最期」

特に知りたいわけでもなかったが、そう尋ねてみた。堤下は少し言いよどんだ。

「……大変お伝えしづらいのですが」

「大丈夫です」

「この季節ということもありますし、お顔の表情などは、判断がつきかねると申しますか……」

腐ってゆく肉体。黒ずんでゆく遺体。堤下は続けた。

「でも、ご遺体を火葬したら、とても綺麗に喉仏が残っておりました。きっと生前の行いがよかったのでしょう」

つい鼻で笑ってしまった。生前の行いがいい奴が、どうしたらひとりで死んで腐るのか。堤下が僕を一瞥し、落ち着いた声で言った。

「お見せしましょうか。せっかくなので。喉仏」

「え」

「いかがなさいますか」

「あ、じゃあ」

堤下は、ステンレス台の上で白布をほどき、骨壺の蓋を開けた。引き出しから専用の白い箸を取り出して右手に持ち、骨壺の中から骨をひとつ拾い上げた。その骨をステンレス台の上に置いて静かに言った。

「こんなに綺麗に残るのは、珍しいのです。ほら、仏様が胸の前で合掌しているように見えませんか」

小さな骨をじっと見つめた。父の喉仏――。

帰りのバスの中で、すでに薄暗くなった窓の外を眺めながら死んだ父親のことを初めてじっくり考えた。僕と母が住んでいたところからそれほど遠くない場所に、父が一人で暮らしていたんだなと改めて思う。そもそも父と母はどうやって知り合ったのだろう。母は教えてくれなかったし、僕が母に父親について聞くなんて、ありえないことだった。僕はかなり大きくなるまでおねしょの癖が治らず、母は僕が失敗するたびに、あのバカに似たからだ、と僕の頭を容赦なくひっぱたいた。あのバカが誰であるかは聞くまでもなかった。おねしょだけでなく、例えば転んで膝をすりむいたり、住んでいたアパートの階段を踏み外して滑り落ちてしまったり、牛乳をこぼして絨毯《じゅうたん》を汚したりしても、あのバカに似たからだ、と母はその度に怒った。だから僕が知る父の情報は、あのバカ、でしかない。

老後の蓄えなど全くない男の人生は、この辺で終わってよかったのかもしれない。生きていてもきっと、この先もろくなことはなかっただろう。金もなく家族もなく、この人に何か生き甲斐はあったのだろうか。しかし、はたと気付いた。今の僕がまるで同じ状況であることに。金もなく家族もないこの僕に、何か生き甲斐なんてあっただろうか。何もない。何ひとつ。胸に抱えた遺骨を見下ろして、自分もこんな風にひとりで死んでゆくのかもしれないと思ったら、後ろから誰かに真っ暗な穴に突き落とされたような気がした。ひとりで死んで、ひとりで腐って終えていく。たとえ血が繋がっていたとしても、父の存在は遠すぎた。無性に誰かと話がしたくなった。誰でもいい。ひとりでいたくなかった。でも、僕を待っている人なんて、この世にたったひとりもいないのだった。

次の休日、僕は再びゴミ山に出向き手ごろな棚を探した。洋一はいなかったが、そのすぐ近くで前に見かけたのと同じ鮮やかな緑色のTシャツを着たホームレスのおじさんが、地面をキョロキョロ見ながら空き缶を拾って大きなビニール袋に入れていた。ゴミ山を少し物色すると、すぐに僕の胸ぐらいの高さの埃だらけのスチール棚を見つけた。ゴミ山から運び下ろそうとすると意外と重く、なんとか棚を地面に降ろして一息つくと、空き缶を拾っていたおじさんが僕の顔をじっと見ていた。真っ黒な顔をしたおじさんの額には、やけどの跡のようなケロイドが広がっていた。僕は思わず目を背けた。見てはいけないものを見てしまったような気になり、脇の下から嫌な汗が流れた。おじさんから視線を外したまま僕は尋ねた。

「あの、これ、いただいてもよろしいでしょうか」

おそらくおじさんの物ではないはずだが、なぜか丁寧な言葉が口をついて出た。おじさんは僕に背を向け、

「タバコか酒」

とぶっきらぼうに言った。タバコか酒と交換してくれるということか？　おじさんはそれだけ言うと、そそくさと空き缶を探しながら行ってしまった。僕は、訳がわからずおじさんの背中を見つめてしばらく突っ立ったままでいた。

持ち帰った棚を濡れた雑巾《ぞうきん》で丁寧に拭《ふ》いてきれいにし、さっそく台所の一角に設置してみた。少々脚がぐらついたが、気にせず父の骨壺を一番上の段に置いた。

今月の家賃を茶封筒の中に入れ、南さんのところに持っていくために部屋を出た。初めて見かけるおばあちゃんが、くわえタバコでホースの先端を持ち、花壇に水をやっていた。おばあちゃんは綺麗な白髪を頭の上でまとめ、緑色の膝丈のスカートに、

夏だというのに灰色のカーディガンを着ている。胸には大きな葡萄《ぶどう》の形をしたブローチを付けていた。おばあちゃんは、僕を見てタバコの煙をぷーっと吐きだし、声をかけてきた。

「あと一ヵ月もするとね、白い花が咲くの。センニンソウ。ほんのり甘い香りがするのよ」

「はぁ」

「こんなんでもさ、手をかければ可愛くなるし、ほっときゃただの草よね。なんでもそうだけど」と、おばあちゃんは微笑んだ。ガラガラ声が似合っていた。

アパートの階段を上がり、二〇三号室をノックすると、部屋の中から「はーい」と南さんの返事がした。

ドアが開き、南さんが外廊下に出てきた。水仕事中だったのか、濡れた手をひまわり柄の腰下エプロンで拭いている。ちらっと中を覗くと、二階のこの部屋だけは二部屋分が一つの部屋に改装されていて、他よりも広い作りになっている。すっきりと綺麗に片付いているようだ。赤い金魚が一匹、部屋の奥の金魚鉢の中でヒラヒラと泳いでいるのがちらりと見えた。僕は茶封筒に用意した家賃を南さんに渡した。

「これ、今月の……」

南さんは、ニコリともせず封筒を受け取り、中から現金を取り出すと、銀行の人がやるようにお札を左手の中指と薬指の間に挟み、右手の親指と人差し指で一枚ずつお札をつまみ、小さな声でブツブツと数を言いながら、かっこよくお札を数えた。細く長い指の正確な動きが華麗で、僕はいつまでも見ていたかった。次は、一万円札を全部千円札にして持っていこうと思った。数え終わった南さんはきっぱりと、

「はい、確かに」

と言って、さっさとお札を封筒の中に入れ、エプロンの右のポケットにしまった。そして左のポケットから何やら取り出し、僕に差し出した。

「これお駄賃《だちん》」

それは、紙に包まれた一粒の森永ミルクキャラメルだった。

「指定日にちゃんと支払ってくれる方なんてめずらしいんです」

と意味ありげににやりと笑ってそう言った。キャラメルを受け取った僕は、本当にお駄賃をもらった子供のような気分になり、顔がほころんだ。南さんは僕の後方の土手に視線を移し、大きくため息をついた。

「アレ、娘のカヨコ。できないことがあるとできるまでずっとやってるの。根性はあるんですけどね」

南さんの視線の先を振り返ると、南さんの娘が土手の上で二重跳びの練習をしていた。ああ、あれはタイミング次第ですぐに跳べるようになりますよ、と教えてあげようと思って南さんの方に顔を向けた途端、

「じゃ、ごめんください」

と南さんは部屋の中に入り、僕の目の前でパタンとドアを閉めた。南さんの会話の終わらせ方があまりにもあっさりしすぎており、僕はドアを見つめたまま立ち尽くした。もう少し話がしたかった。なんとなくやるせない気持ちを抱えながら、僕はゆっくり階段を降り始めた。南さんの夫はどんな人なんだろう。そういえばまだ夫を一度も見たことがない。気配も感じない。もしかして夫はいないのか？　シングルマザーなのだろうか？　いろいろ妄想が広がってしまう前に、僕は急いで南さんにもらったキャラメルを口に入れた。一瞬にして口の中に甘味が広がり、懐かしい味がした。キャラメルなんて、何年ぶりだろう。階段を降りたところで花壇の方を見ると、さっきのおばあちゃんはもういなかった。部屋に入ってから、キャラメルの紙で折り鶴を作り、父の骨壺の前に置いた。

炊飯器から湯気が上がっている。米の炊けるいい匂いが部屋中に立ち込める。僕は

味噌汁を作り、魚を焼いた。そろそろご飯が炊きあがるだろうという頃、ドアをノックする音がした。盗られるものなどないからと、鍵をかけていない僕もよくないのだが、島田は勝手にドアを開け、部屋に入ってきた。

「こんにちは。あぁ、お米のいい匂い」

島田は、手に自分の茶碗を持ち、小脇に何かの瓶詰めを抱えている。

「タイミング、良すぎませんか」

僕はわざとらしくため息をついたが、島田には通じない。島田は茶碗と瓶詰めをガス台の隣に置き、味噌汁が入った鍋の蓋を開けて中を見た。

「ご飯ってね、ひとりで食べるより誰かと食べたほうが美味しいのよ」

夕飯をここで食べる気満々である。島田は棚の上の遺骨に目を留め、「あ、これ」と驚いた顔をした。僕は頷きながら答えた。

「取りにいきました」

「うん、偉い。偉いよ、山ちゃん。そうだよ。そうだよね」

と、遺骨の前で目をつむり、両手を合わせた。僕はご飯を自分のお茶碗に盛り、塩辛と一緒にちゃぶ台へ運んだ。

「お父さん、山ちゃんのこと、ちゃんと見守ってあげてください」

島田は改まった口調で言い、そして遺骨に一礼した。僕は自分の分の味噌汁をよそい、焼き魚を皿に盛りつけ、箸と一緒にちゃぶ台に並べた。

「僕のことなんて忘れてましたよ、きっと」

島田に言われたことがきっかけで父の遺骨を取りにいった事実が恥ずかしく、僕は少しひねくれた気持ちでそう言った。

「それはわからないよ」

ちゃぶ台に揃った味噌汁と炊き立てのご飯、焼き魚一匹、そして塩辛。整った夕飯の前に座り、僕は手を合わせて食べ始めた。島田は「もらうよー」と言うと、僕の許可を待たずにご飯を茶碗に盛っている。

「ご飯、明日おにぎりにして持っていくんで」

と僕がムッとした口調で言うと、

「はーい、一杯だけ。おかわりしません」

と、島田は味噌汁も勝手によそい、僕の向かいに座った。そして、胸のポケットから手品のように折りたたみ式の箸を取り出し、目の前に並んだ夕飯を見て顔をほころばせた。マイ箸までしっかり用意していたとは。僕は驚き呆れて首を振った。「おっと、これ忘れてた」と島田は再度立ち上がり、ガス台の横に置いていた瓶詰めを持ってきてまた座りなおした。島田は嬉しそうに瓶の蓋を開け、中から野菜の漬物を箸で取り出して魚の脇に盛りつけた。

「これ、自家製。いい具合に漬かってるから。いただきます」

と言って、島田はご飯を食べ始めた。

「うっま！　山ちゃん、ご飯を炊く才能あるよね」

島田はどうでもいいお世辞を言ってくる。島田自家製の漬物はニンジン、キュウリ、大根、パプリカで、色彩がきれいだった。僕は試しにパプリカの漬物を口に入れた。ホントだ。絶妙な漬かり具合だ。島田こそ漬物を漬ける才能があると思ったけど、褒《ほ》めると図に乗りそうなので黙っていた。僕は、ふとこの真上に住む親子のことを思い出し、島田に尋ねた。

「この部屋の上に住んでいる、黒スーツの親子の……」

「溝口さん？」

「そう、溝口さん。何してる人ですか？」

「気になる？」

と、島田はひとつしかない焼き魚にも箸を伸ばしてくる。遠慮など、まるでない。僕も島田に食べられまいと急いで魚を箸で突く。

「訪問販売で墓石売ってんの、ふたりで」

「墓石……」

「全然売れないみたいだけど。ずいぶん前に奥さん出てっちゃったんだよね。そしたら溝口さん、一気に白髪が増えちゃってさ」

「そうですか」

溝口親子は父子家庭か。洋一を見かける度に、切ない気持ちになった。それがなぜなのかわからなかったが、幼い頃の自分と重ねていたからかもしれないと思いあたった。彼が時折ふと見せる寂し気な表情には、母親に捨てられた背景があるのではないだろうか。それから僕は、一番気になっていることを思い切って島田に切り出した。

「南さんは？」

僕はご飯を口に運びながらなるべく自然体を装って聞いた。

「南さんが何？」

「南さんは、その、旦那さんは……」

と僕が言いよどんでいると、島田は僕をまじまじと見て、大声で笑った。

「何、山ちゃん、気になるの？」

「いやべつに」

と僕は急いで言ったが、島田は箸の先で僕をさしながら、

「図星だな、山ちゃん、あははは っ」

と大声で笑った。僕は耳の後ろがカッと熱くなり、口の中の食べ物をゴクリと飲み込んだ。島田は味噌汁をすすり、嬉しそうに言った。

「無理だよ、南さんは。やめておきな。旦那のこと愛してやまないから」

僕は島田の態度に憤りを感じながら、

「そんなんじゃないです」

と素っ気なく言った。島田は大きな口を開けてご飯をいっぱい頬張り、やけにニヤニヤして続けた。

「もう死んじゃってるけどね」

え？　僕は顔を上げて島田を見た。

「病気かなんかで亡くなったんですか？」

「癌《がん》だよ癌。ガーンってあっという間に。もう五年前くらいになるかな」

僕の反応を見て島田はますます嬉しそうに答えた。南さんには夫の気配がしないと思っていたが、やはりシングルマザーだったのだ。しかも、すでに五年も経っている。島田は漬物のニンジンをポリポリとかじりながら言った。

「でも南さんは今でも夫一筋なんだよ。いじらしいくらいね」

「なんでわかるんですか？」

僕は、ご飯の茶碗を持ったまますっかり箸が止まっている。

「そんなの、見てればわかるよ」と島田があまりにも得意気に言うので、少し腹が立った。

「ホントかな」

「なんだよ、山ちゃん、ボクに女心はわかるはずないって言いたげだね」

「はい」

正直に答えたら可笑《おか》しくてつい鼻から息が漏れてしまった。島田は僕を面白くなさそうにじろっと睨んだ。僕は、南さんの夫がすでに亡くなっていると聞いてどこかでほっとしていた。何かを期待しているとかではない。南さんと僕の間に何か発展があるとは思えない。南さんはただ、何と言うか、手の届かない光だ。毎日をやり過ごすためのささやかな光。

僕の箸が止まっているすきに、島田は空になった茶碗を持って立ち上がった。

「あ、ちょっと！」と島田を止めようと僕も急いで立ち上がろうとしたが、島田はすでに茶碗にご飯を盛っている。

「一杯だけって言ったのにっ」と僕は舌打ちしてしぶしぶ座りなおした。島田は茶碗を持って鼻歌を歌いながら戻ってきた。

僕は魚の骨を口から取り出しながら、父の遺骨が保管されていた役所の一室について話し始めた。

「遺骨を引き取りに行った役所に、たくさんありました。いなかったことにされてしまった人たちの遺骨。無縁仏って言うらしいです。ひと部屋分いっぱい、棚にぎっしり詰まって並んでいました」

僕は話しながら、あの部屋のことを思い出していた。この世界にはひとりで死んでいく人がどれだけいるのだろう。

「そっか。川沿いのブルーシートの人たちなんかさ、台風が来るたびに何人か流されちゃうんだよね。でも、ニュースにすらならないの。身元不明の名無しだから。ボクなんかも結構スレスレだけどね」

島田はご飯を頬張りながら平然とそう言ったが、どことなく寂し気だった。島田がスレスレなら僕はアウトだ。島田には友達がいるが、僕にはいない。僕のような人間は、誰にも供養されずにひとりで骨になってゆく。父親と同じように。

「どんな人だったのかね、山ちゃんのお父さん」

いやに感慨深く島田がつぶやいた。僕は、ふーっと鼻から息を吐き出して言った。

「どうせろくでもない人生ですよ。死んでからも人に迷惑かけて。孤独死です。閉め切った狭い部屋でひとりで死んで、誰にも見つからずに数週間も。ウジにたかられてドロドロ。ハエが飛び交う部屋の中で、体中の液体がだだ漏れて、畳に死んだときのまま人形の黒い跡が残ってたって。暖かくなってきて、悪臭で近所の人に通報されたんです」

いつの間にか、島田の箸が止まっている。

「あれ、食べないんですか」

僕は黒いドロッとした塩辛を箸でつまみ、ご飯の上に置いた。島田は、塩辛を見つめてしばらく固まったままだった。

真夜中、どこかの犬が鳴いている。犬もこの暑さでは眠れないのだろうか。部屋の窓を全開にしているが、風は少しも入ってきやせず蒸し暑い。扇風機を回しっぱなしにしているが、じめっとしたぬるい風を送られてもやはり暑いだけだ。寝つけなくて、何度も寝返りを打つ。こんなに暑いなら、ホームレスの人たちのように川辺で寝たほうがよっぽど涼しいのではないか。ご飯を炊く才能あるよね、と島田は言った。

そうかもしれない。子供の頃、朝起きると着替えだけしてそのまま学校に行った。もちろん朝ごはんなど食べないから、四時間目にもなるとグウグウ腹が鳴った。給食は何回もお替りした。恥ずかしいなどと言ってられない。ここで食べておかないと自分の命にかかわるという切羽詰まった雰囲気を発していたのだと思う。何回もお替りする僕のことを、先生もクラスの皆も何も言わずにいてくれた。夜ご飯は、たいてい自分で炊いたご飯だけ。たまに母が買ってきた総菜が冷蔵庫に入っていて、それは特別な御馳走だった。だから、ご飯だけはいつでも美味しく炊かないといけなかった。たまに、米さえも切れることがあった。そんな時は水だけ飲んで、ただただ次の日の給食まで我慢するのだった。

子供の頃のことを思い出し、深くため息をつくと、父の遺骨の入った壺が目に留まった。骨壺は白い布に覆われ、棚の上に鎮座し、暗い部屋で圧倒的な存在感を放っていた。なぜだか光っているようにさえ見えた。気味が悪く、骨壺に背を向け固く目をつむった。しばらくの間我慢して目をつむっていたが、やはり眠れない。仕方なく目を開け、起き上がった。押し入れにしまい込んだ父親の遺品の入った袋を取り出した。その中に入っていた携帯電話を一緒にあった充電器に繋ぐ。いわゆるガラ携で、しばらくすると電源が入り、最後の通話履歴が確認できた。固定電話の番号で、名前は登録されていなかった。何度も繰り返し、その番号にかけた記録が残っていた。一体、彼は最後に誰と話したのだろう。考えだしたら、余計に眠れなくなった。

眠れないまま朝を迎え、仕事の前に土手沿いの電話ボックスに寄った。どんよりした雲が空を覆っていた。公衆電話に小銭を入れ、父親の携帯電話の通話履歴の最後にあった番号に電話をしてみた。なかなか応答せず、電話を切ろうとした瞬間、繋がった。

「はい、いのちの電話です」

温かみのある女性の声だった。いのちの電話？　頭が混乱し、答えられずに黙っていた。

「もしもし。どうされました？」

ゆったりした優しい話し方だった。無言のまま、電話を切った。電話ボックスから出ると、雨が降り始めていた。傘は持っていなかったので、僕は雨に濡れながら土手を歩き、工場に向かった。いのちの電話に繋がったということはつまり、父親は自殺しようとしていたのだろうか。人生に何の希望も見いだせなかったのか。ほんの一瞬でも息子を思うことはあったのだろうか。それとも完全に忘れていたのか。このまま生きていてもなんの意味もないと思ったのか。希望もなく、生きている意味もわからない。それはどんな日々だったのだろう。どこにも出口がない、長くて暗いトンネルをずっと歩かされている感じだろうか。僕は、これからどうなるんだろう。

工場に着くと、何も考えずとにかくイカをさばくことに専念した。黙々と仕事をしていると、社長がやってきて、

「ずいぶん作業が早くなったね」

と嬉しそうに言った。

「はぁ」

浮かない声が出てしまい、中島さんがちらりと僕の方を見た。社長は続けた。

「その調子でさ、一日一日、真面目に仕事してれば、そのうちきっといいことあるから。すぐに来月が来て、来年が来て、あっという間に五年過ぎて十年過ぎて」

社長の言葉に呆然とした。十年先もここにいるなんて、これっぽっちも考えていなかった。僕は思わず社長に尋ねていた。

「僕は、十年先もここにいるんですか？」

「え、いないの？」

と社長に聞かれ、ゆっくり首を傾げた。僕は、十年後の自分の姿が全く想像できなかった。社長は、中島さんの顔色をうかがいながら僕に小声で尋ねた。

「単調な作業だから、飽きちゃった？」

飽きていると言えば飽きている。だけど、単調な作業が嫌なわけではない。ただ、十年先まで毎日イカをさばき続けると思うとぞっとした。考えると気が遠くなる。僕は言葉を探した。

「作業は、嫌いじゃないです。だけど、十年先まで毎日、同じ作業を繰り返すことに、意味があるのかわからなくて」

社長は一瞬驚いたような顔を見せた後、うーんと首を傾《かし》げて考え込んだ。中島さんは、珍しく作業の手を止め、口元をきつく結んだまま真っすぐ僕の方を見つめている。社長が顔を上げ、僕を見て言った。

「あるよ。意味はある。でもその意味というのは、何十年も経験した人でないとわからないんだ。そうですよね」

社長は中島さんに同意を求めた。中島さんは黙ったままゆっくり大きく首を縦に振り、きつく結んでいた口元を緩めて作業に戻った。社長は一人で納得したように何度も頷きながら、僕に言った。

「毎日コツコツってよく言ったものでさ、その意味がわかるには、それだけの年月がかかるんだよ」

中島さんは、三十年以上毎日ここでイカをさばいている。この先十年、コツコツ毎日イカをさばき続ければ、生きている意味がわかるというのか？　まさに、果てしなく続く出口のないトンネルではないだろうか。

「塩辛、帰りに持ってって。今日のは極上だよ」

と、社長がいつもより強く肩を叩いて去っていった。


終業時間を迎え、工場の外に出ると、朝降っていた雨はとっくにやんでいたようで、夕方の空が広がり空気が澄んでいた。帰り道、土手を歩いていると、自転車に乗った南さんが結構なスピードで僕を追い越していった。ハンドルの両側に買い物袋を下げている。急ぎの用があるのかなと思って見ていると、南さんは僕の五メートルくらい前方で急ブレーキをかけて止まり、ぱっと振り返り、眉間に皺を寄せて僕に言った。

「山田さん、アイス、食べますか」

突然のことで戸惑った。なぜかとても高圧的な態度で、僕が知っているいつもの南さんじゃないと思った。返事をしないでいると、南さんはニコリともせずたたみかけるように僕に聞いた。

「アイス、食べたい？　食べたくない？」

　南さんは眉間の皺をさらに深くし、有無を言わせない雰囲気だったので、僕は、

「えっと……、食べ、ます」と言って、南さんに駆け寄った。南さんは自転車を土手の端に止め、ハンドルにかけた買い物袋から棒アイスを二本取り出して僕に一本差し出した。

　南さんは自転車の荷台にちょこんと腰をかけ、僕はその側にしゃがみ込み一緒に川を眺めながらアイスを食べた。南さんは口を大きく開けてあっという間に半分食べてしまった。そして大きく息を吐き出した。

「妊婦見ちゃったものだから。さっき、スーパーで。苦手なのよ、妊婦」

「え」

「あの大きな腹を見ると、つい蹴《け》りたくなるの」

　僕は、持っていたアイスを落としそうになった。どういう意味なのだろう。僕は左側にいる南さんを見た。南さんは、風でなびき顔にはりついた数本の長い髪の毛を左手で寄せて耳にかけ、アイスを一口齧った。もう眉間に皺を寄せてはいなかった。南さんはさらに続けた。

「蹴りたくなる腹の出方と、そうでもないのがあるの。今日見たのは、すごく蹴りた

くなるやつだった。だって、ちょっと考えてみて。妊婦って、人間の中にもう一人違う人間がいるのよ。すごく動物的じゃない？」

同意を求められているのだろうか。困った。動物的だと蹴りたくなるものだろうか。全然わからない。どうにも繋がっていない気がする。どう返事をしたらいいか迷っていたら、溶けたアイスが一滴、腕にポツンと落ちた。僕は慌てて腕を舐《な》め、アイスの下部を舐めた。南さんはアイスをとっくに食べ終えて、川の流れを見つめながら棒を前歯で嚙んでいる。

「なんていうのか、とても生理的なことなんだと思う。きっと、ああ、人間って動物なんだなぁって、妊婦を見ることで改めて思わされて気持ち悪くなるのね。ヘンでしょ、ヘンなのよ。自分もかつては妊婦だったくせに」

と、南さんは少し笑った。髪が頬のあたりで数本風に揺れていて、美しい横顔だった。僕がぽかんと南さんに見とれていると、南さんは、アイスの棒を口から離し、そんな僕を見てにやりと笑った。

「大丈夫。実際に蹴ったことはないから。……その線は、決して越えないって自信もある。……でも、そういう気持ちが、恐ろしいけど自分の中にはあって、人って怖いなって思う」

僕の中にはないが、その気持ちはわからなくない気がする。人って怖い。南さんの横顔を見ていたら、彼女が言っていることを全部理解したいと思った。南さんは両手を空に掲げ、

「あー！」

と、突然川に向かって豪快に腹から叫び、思い切り伸びをした。

「ああ、だいぶ心が静まった。付き合ってくれて、ありがとう」

と、南さんは僕に頭をちょこんと下げた。僕は、南さんに何か声をかけたい、もう少し話したいと思い、

「僕は……」

と言いかけたが、南さんは、

「じゃ」

と言って立ち上がり、さっさと自転車に乗り、颯爽と走り去った。僕は、どんどん小さくなっていく南さんの後ろ姿を見つめることしかできなかった。もやもやした気持ちで、僕はゆっくり立ち上がった。

アパートに帰宅し、郵便箱を開けると、たくさんのチラシに混じり、『激安墓石三

十万円～』と大きな書体で書かれたチラシが入っていた。なんとなくその文字を眺めていると、背後から突然声をかけられた。

「死なない人は誰もいません。いざという時のために、今からご用意しておけば、何の心配もございません」

ぎょっとして振り返ると、溝口父がそこにいた。

「は？」

「墓石の販売をしております。おひとつ、いかがですか？　お安くしますよ」

僕が肩をすくめて自分の部屋に戻ろうとすると、

「お父上のこと、島田さんから聞きました。墓石、ご入用でしょう」

と言いながら溝口はついてくる。島田が余計なことを喋ったのか。むっとしてため息をつき、僕は首を振った。

「買えませんよ」

溝口父はニヤニヤと妙な笑みを浮かべながら、

「ですよね」

と言って、アパートの階段を上っていった。僕は小さく舌打ちをして、顔をゆがめたまま部屋に入り、墓石のチラシを思い切り丸めてゴミ箱に捨てた。

夕ご飯の準備をしていると、ノックの後にすぐドアが開き、

「こんにちは」

と島田がずかずかと部屋に上がってきた。今日も手には自分の茶碗を持ち、自家製漬物の瓶を小脇に抱えている。島田はそれらをガス台の横に置いて、父の遺骨の前に立ち、手を合わせて挨拶をした。

「いつもありがとうございます」

僕は、島田の図々しさにうんざりして言った。

「島田さん、絶対ご飯が炊ける匂いを嗅ぎつけてうちに来てますよね」

「ダメ？」

島田には全く悪びれる様子がない。僕は自分の茶碗にご飯を盛りながら、

「島田さん、溝口さんに僕の父親の遺骨のこと言いました？」

と尋ねた。

「ダメだった？」

島田は口をとがらせて目をパチパチさせ、僕に向けて可愛い顔を作ってみせた。イラッとしてつい島田を殴りたくなった。

「でもさ、別に隠すことじゃないじゃん。ね、お父さん」と、島田はやけに馴れ馴れ

しく父の遺骨に話しかけた。僕はイライラしたまま壺に入った極上塩辛と炊きたてのご飯をちゃぶ台に並べた。島田は勝手に自分の茶碗にご飯を盛る。僕は、二人分の味噌汁をよそい、ちゃぶ台に持っていく。島田は自分のご飯と漬物の瓶を持ってやってくる。ちゃぶ台の上に二人分の夕飯がきれいに並び、僕と島田は向かい合って座った。同時に手を合わせ、「いただきます」と声をそろえた。あれ？　ご飯を一口食べてから、何かおかしいと思った。いつのまにか島田にペースを握られている。無意識に味噌汁を二人分よそってしまった。納得いかない。島田はご飯を一口食べると、

「うまっ！　山ちゃん、マジご飯炊く才能あるよね」

とまたしても大げさに褒めた。むっとしたまま僕はぼそっと言った。

「もっと他の才能が欲しかったです」

「いやぁ、すごい才能だよ」

島田は塩辛にも箸を伸ばし、口に入れた。その途端、白目をむいて体を震わせた。

「くわーぁ、なにこれ。最高だね」

島田は塩辛の壺を手に取り、ラベルを見た。

「極上塩辛？　いい会社だね、こんなうまいものくれるなんて。山ちゃん、ラッキーだよ」

島田がしみじみ言った。僕は島田の手から極上塩辛の壺を奪い、自分のご飯の上にのせた。確かに極上だけあって、コクと旨味が見事に融合し絶品だった。

ご飯を食べていると、不意に父の骨壺が目に入った。

「あいつ、夜中に光るんですよ」

「何？」

僕はアゴで棚の上を示した。

「父親の骨。気味悪くて」

骨壺に背を向けて座っていた島田は箸を止めて振り返り、棚の上のそれを見てから、僕に顔を向けて思わせぶりにニヤッとしながら言った。

「お父さん、まだその辺にいるんじゃない」

島田は部屋の周囲をわざとらしく見回した。

「やめてください」

と言いつつ、僕も何気なく天井の隅を見上げてしまった。島田は自家製漬物を口に運び、ポリポリと音を立てながら、

「四十九日が過ぎたら、ちゃんと供養してあげないとね」

と言った。僕はご飯を咀嚼《そしゃく》し飲み込んだ。

「供養、してあげないといけないんですかね」

「そりゃそうだよ」

島田はご飯粒を飛ばして言う。僕は、

「でも、墓買う金なんてないしな」

とため息交じりに言って頭を掻いた。

「その辺に捨てちゃうわけにもいかないしね」

フフフと島田は笑った。

島田が空《から》になったお茶碗を持って立ち上がった。

「あー！」と僕が叫ぶと、目をパチパチさせて僕を見つめ、「お願い山ちゃん、一杯だけ」と甘えた声を出した。

「やめてください、気持ち悪い。半分だけですよ」

僕が顔をそむけながら投げやりに言うと、

「はーい」

と島田は勢いよく炊飯器の方へ飛んで行った。

「あ、そういえばこの間、花壇の前で白髪のおばあちゃんに会いました。一〇三の人ですか？」

返事がないのでおかしいなと思って島田の方を見ると、島田はしゃもじを持ったまま立ち尽くしている。そして青ざめた顔をゆっくりと僕の方に向けて、

「え？」

と言った。僕は、島田の様子が一瞬にして変わったことにたじろいだ。

「え？」

島田はしゃもじを持ったまま僕の側に来て立膝をついて座り、極めて深刻な顔で僕に聞いてきた。

「どんな人だった？」

「白髪を頭の上でまとめてて、この暑い中灰色のカーディガンを着てました」

「話したの？」

島田は前のめりになった。島田の顔が近づいてきて、僕は体を後ろに反らして答えた。

「話しましたけど……」

島田はガクッと体を横にして床に倒れ、「山ちゃん、話したんだ。うわぁ」と目を泳がせた。

「何してた？」と島田は続けて僕に聞いた。

「花壇に水をあげてました」

「ひゃー。南さんも言ってたんだよ。一〇三にはまだおばあちゃんがいるから、新しい入居者は入れられないって」

僕は島田が言っている意味がまったくわからなかった。島田は体を起こし、怯えた様子で頭を抱えた。

「亡くなったの二年も前だよ。まだいるんだ。ヤバい、ボク今日眠れないよ」

「え……？」

つまり僕は、幽霊に会ったということか？　ウソだろ。

眠れない。全身がじっとりと汗ばんでいる。たまに窓からぬるい風が入ると、蚊取り線香の煙の臭いが鼻をついた。眠れないのは蒸し暑いからだけでないのはわかっていた。僕は、花壇の前で会ったおばあさんの顔や服装をはっきり覚えている。「あと一ヵ月もするとね、白い花が咲くの」とおばあちゃんは言った。ガラガラ声も忘れられない。信じられない。あんなはっきりした幽霊などいるはずがない。僕は自分に霊感はないと思っているし、今まで一度だって心霊体験などしたことがない。きっと僕が会ったおばあちゃんは、島田の言うおばあちゃんとは別人だ。そうに違いない。近所に住むおばあちゃんか、南さんの知り合いか。そうじゃなきゃ、あんなにはっきり姿が見えるわけがない。

その時突然、ミシリ、と家の中が鳴った。背中がゾクッとした。恐怖で動けない。

「お父さん、まだその辺にいるんじゃない」と言った島田の言葉が頭をかすめた。さっきから、背後で遺骨が光っている気がしてしょうがないのだ。だからそっちの方を見ないように、体を窓の方に向けている。左の肩が氷のように冷たくなっている。気のせいだ。早く寝ようと思っても、ますます頭は冴えるばかりだ。僕の体は恐怖で固まり、悶々《もんもん》として、脳みそが沸騰しそうだった。僕は思い切って勢いよく起き上がり、

「うわーっ！」

と叫びながら、遺骨を手に取った。乱暴に白い布を取り骨壺を出した。骨壺の蓋を開け、そのまま便所に駆け込む。勢いに任せて便器に遺骨を流してしまおうと思った。が、汚い便器を目の前にし、すんでのところで思いとどまった。冷静に。冷静にならなくては。このままコレを流して便所が詰まったりしたら、後で困るのは自分だ。しかしどうしよう、このままコレが気になってずっと眠れないのは嫌だ。明日も朝から仕事なのだ。よし、川だ。川に捨ててしまおう。僕は骨壺の蓋を戻し、白い布

で乱暴に包み直し、それを抱えて外に出た。

「便所はないよな。さすがに便所はないだろう」

と僕は独り言を言いながら、骨壺を抱えて川に向かって速足で歩いた。土手を越えると川原に街灯はなく真っ暗で、空を見上げてみたが藍色の雲が立ち込めていて月は出ていなかった。僕は川の流れる音を頼りに前に進んだ。そのうち少し目が慣れてきて、辺りが見渡せるようになってきた。川のほとりまで行き、しゃがんで骨壺を地面に置き、白い布を外して骨壺の蓋を開けた。中を見るとゴツゴツしたものがつまっていた。ただの物質じゃないか。これがかつて生きていた人間だったなんて、ちっとも実感が湧かない。しかも、血の繋がった父親だといっても、彼のことは何も知らない。やはり遺骨を引き取るなんて、はじめから無謀なことだったのだ。たいしたことじゃない、と自分に言い聞かせながら、しかし僕は目をつむり、骨に向かって両手を合わせた。

「ごめん」

僕は骨壺を両手で持って立ち上がり、川に骨を捨てようと、その口を傾けた。その時、背後から草を踏む足音が一歩一歩僕の方に近づいてくるのを感じた。僕は恐怖におののき、ゆっくり振り返った。そこには、坊主頭のガンちゃんがたたずみ、あの鋭い目でじっと僕を睨んでいた。空に立ち込めていた藍色の雲がさーっと流れ、半月が現れた。突然射しこんだ月の光は、ガンちゃんの坊主頭をテカテカと照らした。彼の目つきは、無言のまま僕をがんじがらめにし、彼が発するじめっと湿度のあるオーラは、僕の体にべったりとまとわりついた。僕は、急に全身の力が入らなくなり、へなへなとその場に座り込んでしまった。骨壺には、灰色の骨がそのまま残った。川の流れる音が急に強くなった気がした。

結局、遺骨を川には捨てられず、翌朝も棚の上に威圧感を持って奴は鎮座している。昼近くになり、僕はアパートの階段下にある二槽式洗濯機で洗濯をしようと部屋を出た。たまった洗濯物を洗濯機に放り込み、水を出した。昨夜、川から帰ってきた後もまったく眠れなかったので、頭の芯がジンジンしていた。水がたまった洗濯機に洗剤を入れ、つまみを回した。蓋の取れた洗濯機の水の中で洗濯物がグルグル回るのを見つめた。二槽式洗濯機など、ここに来るまで見たこともなかったので、初めてこの洗濯機で洗濯をするとき使い方がわからず戸惑っていたら、ちょうど部屋から出てきた島田が教えてくれた。単調に回っているのかと思ったら急に逆回転を始めたり、濡れた洗濯物をしっかり脱水槽に押し込まないとものすごい音を立てて洗濯機ごとドタドタと動き出したり、そうかと思うと一定のリズムで唸るのどかな回転音が妙に心地よかったり、僕はこの二槽式洗濯機を使うたびに飽きずにじっと見つめている。

島田が歯ブラシを口にくわえ部屋から出てきて僕を見つけると、嬉しくてたまらないという顔をしながら近づいてきた。口に溜まった唾を地面にぺっと吐き出し、島田は言った。

「聞いたよ、聞いたよ。川に捨てようとしたんだって？　ダメだよそれ、犯罪だよ。三年以下の懲役刑」

僕がぎょっとして島田を見ると、島田は得意げな顔で続けた。

「あれ、知らないの？　遺骨ってね、そのまま捨てると犯罪なの」

島田は片手を口元に寄せ僕に近づき、

「でもね、つぶして粉々にして撒《ま》くなら罪にはならないんだな。クックックッ」

と嬉しそうに小声で僕の耳元でささやいた。

「そうなんですか？」

「うん、パウダーだよ、パウダー、山ちゃん」

島田はなおも笑っている。

「え、でもなんでパウダーならいいんですか？」

「知らないよ、そんなこと」

と言うと、島田はふらふらと花壇の方に行き、横の蛇口をひねって、つけっぱなしのホースから出る水で口をゆすぎ、ついでに顔も洗った。

肝心なことは知らないのか。僕は島田から顔を背け、グルグル回る洗濯機の中に視線を移した。濡れた顔をTシャツの裾で拭きながらこちらに戻ってきた島田は、急に鼻を鳴らし、いつになく真剣な顔で言った。

「あれ？　ちょっと待って。……なんかさ、すき焼きの匂いしない？」

確かに甘辛い醬油のいい匂いが漂っていた。島田は鼻を利かせ匂いの元をたどるように、ゆっくりとアパートの階段を上っていった。

「山ちゃん、こっちこっち」

と階段上から島田に呼ばれ、戸惑いながらも島田の後について階段を上った。島田は二階の角部屋、二〇一号室のドアの前で深く空気を吸った。

「間違いないよ。ここだ」

島田がおもむろにドアをノックすると、部屋の中が一瞬静まり返ったような気がした。溝口親子が外の気配をうかがっているのか。島田は人差し指を口に当て、しーっと僕に向かって合図し、もう一度ノックをした。五秒くらい間があって、中からこち

らに向かってくる足音がした。鍵が外れ、ゆっくりとドアが開いた瞬間、島田はさっと自分の足をドアに挟み、

「どうも、溝口さん」

と大きな声で挨拶した。溝口父は「わぁっ」と声を漏らし、顔を引きつらせながら必死にドアノブを引っ張り島田を閉め出そうとしたが、島田は挟まった足から無理やり体を中に押し込もうとしている。島田が初めてうちに来たときも、こんな風に強引だった。彼は自分の欲求のためならなんとしてでも突き進む、動物みたいな奴なのだ。溝口父は力尽き、あきらめたようにドアノブから手を離し、ガクッと肩を落とした。島田は靴を脱ぎ、遠慮なくどかどかと部屋の中に入っていく。部屋の奥をのぞくと、ちゃぶ台の前で無表情のまま固まっている洋一の姿がそこにあった。満面の笑みで島田が言った。

「すき焼き？　すき焼きだよね」

「いえ、違います」

と溝口父は慌ててちゃぶ台に駆け寄り、肉の皿を自分の後ろに隠しながら、きっぱりと否定した。しかし、ちゃぶ台の上では間違いなく、すき焼きの鍋がカセットコンロの上でぐつぐつ煮えている。後ろに隠した皿の上には立派な霜降り牛が美しく並ん

でいる。島田はすき焼きの鍋の前にどっしりと座った。

「水臭いな。一言言ってくれれば自家製の漬物持ってきたのに」

溝口父は眉毛をハの字にして明らかに困惑している。

「いいね、洋一くん、すき焼きだなんて」

島田が笑顔で洋一の肩を叩いたが、彼は黙ったまま何も答えない。

「え、いや、あの、これはすき焼きではなくて……」

と溝口父は、島田にすき焼きを食べられまいとうろたえながら無理な言い訳を探しているようだった。僕はさすがに親子に悪いと思い、

「ちょっと島田さん」

と玄関から注意したが、島田はまったく意に介していない。ドア付近に突っ立っていると、島田が手招きした。

「ほら山ちゃんも、突っ立ってないで、いただこうよ、すき焼き」

「参ったなぁ」

と言いながら溝口父は子犬のような目で僕を見たが、島田はしみじみと感慨深げに言った。

「みんなさ、助け合わないと、生きてけないよね」

そして手を挙げ、

「ボク、金持ってませーん！」

とやけに元気よく宣言し、胸のポケットからいつもの折りたたみ式のマイ箸を取り出した。溝口は、島田のマイ箸を見てハッと息を吸い、

「いやいやいや……」

と首を振った。

島田は顔をほころばせながら、鍋の中の肉を豪快に箸で取り、しげしげとその肉を見つめた後、

「あれ、ボクと山ちゃんの卵ないじゃん」

と箸を止めた。

「僕はいいですよ」

と一応遠慮してみたが、島田は、

「遠慮しないで、ほら。こんないい肉、死ぬまで一生食べられないかもしれないよ」

と、一生、の部分を強くして言った。

「いやぁ……、かんべんしてくださいよぉ。ねえ、キミ」

溝口父は、眉毛をハの字にしたまま上目遣いで息子を見た。しかし洋一は平然と菜

箸で野菜を鍋に入れている。すき焼きの匂いが食欲をそそり、腹が鳴る。正直言って肉が食べたい。だけど僕は島田のような図々しい男ではない。このまま自分の部屋に帰るべきか、溝口父に頼んで一切れだけ肉をいただくか、僕は心の中で葛藤《かっとう》していた。が、次の瞬間、島田が大きな肉を口に入れた光景が目に飛び込んできて、僕の中でぷっつりと糸が切れたように我慢が限界を超えた。僕は一旦外に出て階段を降り、ダッシュで自分の部屋に戻り、箸と茶碗を持って二〇一号室に戻った。靴を脱ぎ部屋に入り、島田のように手を挙げて宣言した。

「僕も、金持ってません」

「ええ……」

溝口父は、がっくりとうな垂れ、落胆が隠せないようだった。僕は、すき焼き鍋の前に座り、

「いただきます」

と、マイ箸でちょうど食べ頃の大きな肉を一枚取り上げ、口の中に入れた。一瞬にして肉汁が口中に広がった。脳が溶けてゆくような気がする。僕は目をつむってゆっくり肉を噛み、旨味を十分に舌に浸透させ、そして喉を通過させた。満ち足りた気分で長い溜息を吐いた。これほどまで旨い肉に巡り合ったことが、今までの僕の人生に

一度でもあっただろうか。これが、本物の霜降り牛の味か。我に返り目を開けると、溝口父が、口をとがらせて恨めしそうにじっと僕を見ていた。

「でもなんで？　家賃半年滞納してる溝口さんがすき焼き？」

と肉を頬張りながら島田が素直な疑問を溝口父に投げかけた。

「半年ぶりに、高級な墓石が売れまして」

「それはよかった。金持ちなんだろうね、その方は」

「ええ、それはもう。丘の上の大きなお屋敷の奥様で」

「高級墓石って、いくらくらいするんですか？」

僕が尋ねると、溝口父は少し間を置いて静かにその額を言った。

「二百万、以上」

島田が目を見開いてゆっくりと繰り返した。

「二百万……」

僕も小声で繰り返していた。

「二百万……」

溝口父は、寂し気に笑い、ためらいながら言った。

「それが、……犬の墓だそうです」

そして、息子洋一を見て、「ねえ、キミ」と同意を求めた。

洋一は無表情のまま顔を上げて答えた。

「わん」

島田が、大声で笑った。島田の笑いが収まると、皆静まり返り、その後は黙々とすき焼きを食べた。

「美味しいな……」

とつぶやいた島田の言葉が、虚しく宙に浮いた。湯気で部屋の天井の方がもやもやと曇っていた。

突然ドアをノックする音がし、皆一斉にドアの方を見ると、そこには南さんとカヨコが立っていた。南さんは瞬時に事態を把握したようで、思い切り眉間に皺を寄せて僕たちの顔をひとりひとりギッと睨みつけ、そして淡々と言い放った。

「あらやだ、なんかいい匂いがすると思ったら、皆さんですき焼きですか。家賃半年滞納している溝口さんの部屋で、すき焼き。ふーん、そう、そうですか。カヨちゃん、家からお箸と器ふたつずつ持ってきて。卵もね」

「はい」

カヨコはしっかり返事をし、急いで隣の部屋に向かったようだった。溝口父は、もはや目の焦点が合っていなかった。

南さんが缶ビールを大人全員分差し入れてくれたので、僕たちは昼間からビールを飲み始めた。アパートの住民皆で鍋を囲み、笑っている。しかも今まで食べたこともないような上質な肉。誰かと鍋をつつくなんて、僕の人生にはありえないことだった。テレビドラマなんかではよく見る風景だが、実際にやってみると、少し照れくさい。カヨコと洋一は早々にお腹がいっぱいになったようで、部屋の隅で双六《すごろく》をしている。南さんは、熱さに口をハフハフさせながら肉を頬張っている。女の人が肉を食べる姿って素敵だなと思いながら、南さんの胸元に光る汗に目が釘付けになっていると、

「そうだ、山ちゃんが」

と島田に突然名前を呼ばれ、慌てて胸元から目をそらした。島田は皆の顔を見まわして言った。

「山ちゃん、この間、岡本《おかもと》さんに会ったんだって」

溝口父と南さん、洋一とカヨコまでもが一斉に僕を見た。

「本当？」

南さんが目を見開いて聞いてきた。

「いや、岡本さんかどうか、僕にはちょっと……」

「どんな格好してた？」

南さんはこちらに身を乗り出している。

「すごく暑い日だったのに灰色のカーディガンを着て、タバコ吸ってました。ガラガラ声で」

「岡本さんだ」

「岡本さんですね」

南さんと溝口父は目を合わせ、お互いに深く頷いた。南さんは、目を細めて宙を眺めた。

「そう……、ふふふ、やっぱりまだいるんだ、岡本さん。何か言ってた？」

いつも無愛想な南さんがこんな風に柔らかく笑うのを初めて見たような気がした。

僕はおばあちゃんが言ったことを伝えた。

「あと一ヵ月もするとね、白い花が咲くのって。花壇の前で」

「花壇の手入れするの好きだったからな……」

南さんは嬉しそうに微笑んだ。溝口父も表情が穏やかになっている。

鍋の中を箸でかき回し、肉が残ってないか探しながら島田が言った。

「なんで？　なんでみんなそんな嬉しそうにしていられるの？　だってお化けだよ」

「私、お化けでもいいから岡本さんに会いたい。いいな、山田さん」と南さんはビールを一口飲んだ。

「どんな人だったんですか？」と僕は南さんに聞いた。

「亡くなるまでこの近所でずっと美容室をやってたの。ここに、どのくらい住んでたのかな、私が子供の頃にはもういたから、四十年くらいはいたのかしら」

「四十年」と僕は素直に驚いた。

「夕方になると先代の大家さんとミカンの木の下でよくお喋りしてましたよね」と溝口父が懐かしげに言うと、大きな声で島田が割り込む。

「そうそう、ベンチ置いてね。何喋ってんだろうと思ってボク一度こっそり聞いてみたら、二人で穴の開いた鍋の蓋についておんなじことばっかりずーっと繰り返し喋ってるんだよ。何が可笑しいんだかさっぱりわからないんだけど、喋って笑って喋って笑って、永遠に。ああなると無敵だよね」

「失礼ね」と南さんはムッとしながらも笑っている。

「南さんのお祖母さんが先代の大家さんだったんですよ」と溝口父が教えてくれた。

南さんはゆっくり頷きながら、「祖母が亡くなって、私がここを受け継いだんです」と僕に言った。

こんな古いアパートをわざわざ受け継がなくてもよかったのに、と僕は思ったがそれは口にしないでおいた。溝口父は腕を組んで天井を眺めて言った。

「わたしは、岡本さんからよく説教されました。ちゃんと息子の世話をしろって。子供は手をかければかけるほどいい子になるんだからって。お節介と言えばお節介なんだけど。子供は皆宝物だって、息子はすごく可愛がってもらいました。よくあずきアイスもらって」

すかさず南さんが、続ける。

「そうそう、あずきアイス。懐かしい。私もよく買いに行かされた。冷蔵庫にないと禁断症状が出ちゃってさ、ものすごく口が悪くなるのよね」

「あ、あれ禁断症状だったんだ。ボクなんか会うといっつも、ダメ人間とかクズ男とかヘタレ野郎とかって言われてさ、結構傷ついたんだよね」と島田が言うと、南さんも溝口父も大笑いした。

「岡本さん、きっと、死んだこと忘れてるんですね」と溝口父がつぶやくと、島田が一〇三号室の方に向かって、

「おいババア！　もう死んでるんだぞー」と両手で口を囲んで大声で呼びかけた。南

さんは楽しそうにケラケラと笑った。

「ねえ山田さん、今度岡本さんに会ったら、私のとこにも出てきてくださいって言っておいて」そう言って南さんは僕に微笑んだ。

「はい、必ず」と僕は張り切って答えた。体が熱くなっていた。すき焼きとビールのせいだけではないのだろう。僕があの日会ったおばあちゃんは、おそらく岡本さんで、たぶん幽霊だったのだ。でももうあまり怖い気がしない。なぜならあのおばあちゃんは、死んでからもこんな風に皆に想われ、慕われているのだから。

立ち仕事は、足の裏が痛くなる。僕は特に痛い右足の裏を地面に当てないように、帰り道の土手を歩いていた。まだ週の半ばだと思うと余計に痛みが増した。真夏の夕刻はまだまだ明るい。アパートが見えてほっとしたところでピアニカの音が聞こえた。僕は立ち止り、その音に耳を傾けた。とても疲れていたのに、なんとなくその音に吸い寄せられるように僕は川辺のゴミ山の前に来てしまった。ゴミ山の上では、洋一がピアニカを奏でていた。何度もつっかえつっかえ、ようやく最後まで弾き終えた彼は、また初めから同じ曲を弾いている。決して悲し気な曲ではないのに、聴いているとどういうわけか切ない気持ちになった。音が途切れた時に、僕はゴミ山の下から洋一に声をかけた。

「とてもいい曲だね」

洋一はちらりと僕の方を見てからうつむき、しばらくもじもじとしてから、「バッハ」と小さな小さな声でつぶやいた。バッハと聞いて、僕は小学校の音楽室の壁に飾られていた、白くうねった髪の毛が肩まである二重あごのおじさんを思い浮かべた。あのおじさんがこんな素敵な曲を作ったのかと思うと感慨深いものがあった。

「バッハって、天才だね」と僕が言うと、洋一は顔をぱっと上げ、それまで見たことのない笑顔を僕に見せ、ピアニカで強く「ドー」と答えてくれた。洋一は嬉しそうにまた同じ曲をピアニカで弾いた。夕日に照らされる彼の横顔は、すでに哀愁を帯びている。母親に捨てられた少年の横顔。メロディーが胸に沁みる。

突然、洋一のピアニカが、今まで間違えなかったところでつっかえはじめた。さきほどとは明らかに音色が変化した。どうしたのだろうと思っていると、いつの間にかゴミ山の前にカヨコがいた。カヨコは驚いた顔で僕を見て立ち尽くしている。カヨコの手には片方だけの小さな靴が握られていた。

「こんにちは」と僕がカヨコに挨拶をすると、カヨコは僕から目をそらし、ちょこんと頭を下げた。彼女はゴミ山の脇に茂る草むらの前まで行ってしゃがみ、持っていた片方の靴を草の陰に置いた。一歩近づき上から覗き見ると、そこには大小いくつかの左側の靴ばかりが並んでいた。それらは、使い古された靴もあれば、まだ履けるようなものもあった。もしかしてどこからか、盗んできているのだろうか。カヨコは僕に背を向けてしゃがんだまま、並んだ靴をじっと眺めていた。カヨコの小さな背中は、かすかに震えていた。僕は、彼女が大切にしている秘密の箱の中を意図せずに覗いてしまった気がしていたたまれなくなり、その場から後ずさりした。カヨコは、さっと立ち上がったと思ったら、そのまま僕の前を横切り走って行ってしまった。後に残された僕が、ゴミ山の上の洋一の方を見上げると、彼はとっくにピアニカを吹くのをやめており、カヨコの後ろ姿を見つめたまま呆然としていた。洋一は、さっと僕の方に視線を移し、怒ったような目つきで無言のまま僕の顔をじっと睨んだ。

「え？　オレ？」と僕は自分の顔を指さした。洋一は僕を睨み続ける。僕は、洋一の目に促されるままカヨコの後を追った。

土手の上まで駆け上がると、カヨコがアパートの方に向かって速足で歩いていた。僕は走ってカヨコに追いついた。でも彼女の側を歩きながらも、どう声をかけていいのかわからなかった。カヨコは不意に立ち止まった。突然止まったので、僕はつまずきそうになった。彼女は土手沿いに並んだ家々を見つめ、その一画を指さして静かに言った。

「あそこ、こないだまで建っていた家がなくなった」

そこだけぽっかり更地になっており土がむき出しになっていた。

「どんな家だったか覚えてる？」とカヨコは僕に聞いてきた。

毎朝、毎夕通る土手で、毎日見ていたはずの家なのに、どれだけ思い出そうとしてもまったく思い出せなかった。カヨコは更地を見つめたままつぶやいた。

「どうして毎日通る道なのに、どんな家だったか思い出せないんだろう」

確かに、どうしてなのだろう。ついこの間までそこにあったはずなのに。人の記憶は曖昧《あいまい》だ。カヨコはうつむいて、そっと囁《ささや》いた。

「ママには言わないで」

盗んだ靴のことを言っているのだとすぐにわかった。

「うん。言わない」と僕は答えた。

カヨコが集めていた左側の靴もまた、なくなってしまえば持ち主からはすぐに忘れさられてしまうようなものなのかもしれない。不安定で儚《はかな》い記憶と似ている。

ある日突然変わる風景があり、まるで変わらないと思っていたのに気付かないうちに年月をかけてゆっくり古くなる風景がある。同じような毎日は、それでも確実に少しずつ変化している。カヨコは十年後、どんな大人になっているだろう。僕の十年後は？　僕とカヨコはアパートまで一緒に帰った。帰り道に僕は、今よりも少しだけ早く跳んでみたらいいと、二重跳びのコツをカヨコに教えた。

　それから数日後の夜、島田がいつものように図々しくうちのご飯を食べた後、そのままうちの台所でキュウリやナスを切り、いくつもの空き瓶を並べて漬物を作りはじめた。自分の部屋でやればいいじゃないかと言ったら、電気止められちゃってさ、と笑った。

　壊れそうな具合でやっと動く扇風機は、ミューミュー、とヘンな音を出し始めていた。扇風機の前で風にあたっていると、腕に蚊が止まった。僕は平手でバチンと蚊を叩き、掌の中で力尽きた血まみれの蚊を見つめた。島田がちらっとこちらを見た。

「ボクね、虫殺せないの。特に蜘蛛《くも》はね」

　僕は蚊に刺された腕を掻いた。島田は漬物を作りながら話し始めた。

「十歳の時にオヤジが死んだんだけど、ひとつだけ強烈に残っているオヤジの記憶があってさ。ボクが三つか四つのころだと思うんだけど、台風の夜で、ゴォゴォって音が怖くて眠れなくて、そしたらオヤジが、じゃあひとつお話をしてやろうっていうの。そのお話がさ、何を思ったか、芥川龍之介の『蜘蛛の糸』だったんだ。地獄に落ちた人間どもがさ、蜘蛛の糸をつたって極楽に行こうとするんだよ。でも、あとちょっとで極楽ってとこでぷっつりと糸が切れてみんな地獄に落ちるの。その後はさ、もう外の風の音が地獄の音にしか聞こえなくて、怖くて怖くて余計に眠れなくなったんだ。……オヤジのこと、思い出そうとしても顔はぼやけるんだけど、その時の低い声だけは、今でもはっきり覚えてる」

島田の父親の低い声がどこからか聞こえてくるような気がした。島田の話を聞きながら、僕にもせめてひとつくらい島田のように強烈に残る父親の記憶があったらよかったのにと思った。そうしたら今ここにある遺骨の意味も違ったものになったかもしれない。僕の父親はどんな声をしていたのだろう。棚の上の遺骨を見た。声なんて、まったく想像できない。一緒に過ごした記憶がないのだから。運転免許証の顔を見ても、自分に似ているとは思わなかった。父は、どんな人だったのだろう。どんな声で、どんな匂いをしていただろう。趣味はあったのだろうか。好物は何だったのだろう。酒は飲んだのだろうか。何をするのが好きだったのだろう。どんな人生だったのだろう。

父のことをあれこれ考えていたら、なぜだか鼻の奥がつんとして、目じりに水がにじんだ。天井から垂れ下がるライトに虫が寄ってはぶつかり、ジージーと音を立てていた。僕が黙って考えていると、「お父さんのこと、恨んでるの？」と島田が聞いてきた。

「わかりません。思い出すことすらなかったし」

僕は、立ち上がって網戸を半分開け、天井のライトに何度もぶつかっている虫を手で払って外に出そうとしたがうまくいかない。

「山ちゃんに会いたかったかもしれないよ、お父さん」

「会いたかったら会いに来ませんか？」

「そんなことないよ。そんなに簡単じゃない。会いたいけど会えないってこともあるよ。こんな自分を見せたくないって思ったかもしれないし、会ったところで山ちゃんが自分のことを憎んでたらどうしていいかわかんないだろうし。会いに来ようとしないのが、必ずしも会いたくなかったってことにはならないよ」

僕は、やっとのことで虫を外に追い出して網戸を閉めた。

「僕の子供のときの写真をずっと大切にしてたなんて事実があれば、オヤジィ、って思えたかもしれないけど」と僕は鼻で笑った。

遺品にはそんな写真は存在しなかった。島田は、野菜を切る手を休めずに言った。

「ま、アレだよ。許さなくてもいいんだけどさ、恨むのやめるとラクチンだよ。ボク、息子がいたんだ。もういないけど」

「え、そうなんですか?」驚いて聞くと、「ウソウソ。聞かなかったことにして」と島田は笑って言った。

それ以上は聞いてはいけない気がして、何も聞けなかった。それっきり島田も黙ってしまい、漬物作りに専念していた。扇風機のミューミューという音だけが重たい空気の中で繰り返し鳴っていた。


休日の朝、一週間分のたまった洗濯をし、洗濯物を干そうと裏庭の畑の横にある物干し場に出ると、珍しく溝口父が黒スーツではなく短パンに白いTシャツを着て洗濯物を干していた。Tシャツの袖から出る腕は指先まで一貫して細く、それは彼の足においても同じだった。Tシャツ姿の溝口父はさらに十歳くらい老け込んで見えた。

「おはようございます」と僕が挨拶をしたら、

「山田さん! あなた、息子と話しました?」

と溝口父はいきなり前のめりに話しかけてきた。僕は、溝口父の突然の反応に驚いた。

「話したっていうか……」

「アイツ、何か言いました？」

僕は洋一と何を話したかを必死に思い出して言った。

「バッハ」

「バッハ？」

溝口父は、目を見開き宙を見つめ、バッハ、バッハ、と何度か繰り返しつぶやいた。

「すごい。山田さん、あなた、すごいです」

僕は、溝口父にどう反応していいかわからず、隣の物干し竿に自分の洗濯物を干しながら言った。

「でも、それだけですよ」

「いやいや、すごいことです。奇跡だ。うちの息子ね、アレ、普段わたしがいないと人前で絶対に喋らないんです。場面緘黙症《かんもくしょう》っていうみたい」

「でもピアニカで返事してましたけど」

「うん、そう。どうやらピアニカでね、会話するらしいんですよ、川のホームレスの人たちとも。それでちゃんと会話が成立しているみたいだからそれはそれですごいんだけど」

　と溝口父は、うつむいて顔をしかめた。

「母親が出てってから喋らなくなっちゃってね、学校でも全く喋らないらしいです。そうですか。バッハって言いましたか。バッハ……」

　溝口父は顔を上げ、両手で僕の手を取りギュッと握ってきた。

「いやあ、ありがとうございます。本当に、ありがとう」

「そんな、僕はなにも」

「いえいえ、きっと山田さんの何かが息子の心に触れたんでしょう。感謝してもしきれない」

「大げさですよ。僕、本当に何にも」

　溝口父は首を振り、「わたしにとっては奇跡みたいなことなんです。あの、もし、嫌じゃなければ、また息子に話しかけてみてください」と言った。

「あ、それは、はい、もちろん」

　僕は溝口父の手を振りほどこうとしたが、なかなか離してくれなかった。溝口父は、やっと僕の手を離し、Tシャツの袖で目尻をぬぐい、「少しずつ成長してんだなと思ったら、つい。親ばかでしょ。ははは」と笑った。

思いがけずに感謝されて、なんだか居心地が悪かった。僕は、洗濯ばさみで、靴下を順に留めていった。溝口親子の洗濯物は、下着でもシャツでもなんでも大小同じものがふたつずつあった。

その後は、汗だくになって島田の畑を手伝った。「もう限界、もう限界」と島田が限界宣言をし、二時頃には切り上げた。気温は三十五度を超したようで、部屋にいると熱中症で死ぬと島田に忠告された。そう言われても行くところも金もないと告げると、涼むのに絶好の場所があると誘われ、僕は島田の後についていった。どこに連れていかれるのかわからないまま、工場とは逆方向に土手の上を歩いていると、川辺にいつかの緑色のTシャツを着たホームレスのおじさんの姿が見えた。突然島田がおじさんに向かって「サイトウさーん!」と声をかけた。サイトウさんと呼ばれたおじさんは顔をこちらに向けて、満面の笑みを浮かべて島田に手を振った。僕は、おじさんにタバコか酒のどちらかを渡すという約束をすっかり忘れていたのに気付いてはっとした。

「友達なんですか?」と僕が島田に聞くと、「うん、まあね。僕の野菜を分けてるの。あの人今、川エビの研究してるんだよ。以前はカエルの研究してた。博士なんだ」と島田が言った。

「へえ」

僕は、早くタバコか酒を買っておかないといけないと思った。

島田の後について十分ほど歩くと土手沿いの道路にバス停があり、道路を挟んだ向こう側は木々がうっそうと茂る山になっていた。島田は道路を渡り、慣れた様子で木々の間を分け入りずんずん山を登った。僕は懸命に島田の後を追った。五分ほど山を登っただろうか、疲れてきたので島田に文句を言おうと顔を上げると、目の前に立派な瓦屋根の大きな建物が現れた。島田は建物に向かって「ガンちゃーん！」と大声で叫んだ。島田に連れていかれた先は、ガンちゃんの寺だった。夜の川に遺骨を捨てようとした僕を鋭い目で睨んでいたガンちゃんの顔を思い出し怖くなった。さっと踵を返して来た道を戻ろうとすると、島田に腕をつかまれた。「そんな怖くないってば。いいヤツなのよ」と強引に寺の中に連れ込まれた。

涼むのに絶好の場所と聞いて、僕はてっきりクーラーがガンガンに効いた漫画喫茶のような場所を想像していたのでだいぶがっかりしたものの、寺の境内には竹藪《たけやぶ》があり、岩肌には苔《こけ》がむし、心地よい自然の風が吹き抜けた。確かに、自分の部屋よりも体感気温が十度は低い気がした。「マイナスイオンサイコー」と島田は叫び、靴を脱いで寺の縁側に寝転んだ。「ここボクの庭みたいなもんだから、ラクにして」と僕にも座るように促した。

袈裟《けさ》を着たガンちゃんが、お盆を持って現れ、僕たちに麦茶を出してくれた。僕は気まずくてガンちゃんの目を直視できずにいたが、袈裟はガンちゃんにとても似合っていて、恐怖すら感じていた鋭い目つきは、それだけで威厳あるお坊さんの情深い目に見えるから不思議だ。僕は、冷えた麦茶を一気に飲み干し、氷をガジガジとかじった。喉が潤《うるお》うと眠くなった。僕もそこにパタンと倒れ、寝そべった。目をつむると、セミの声がやけにうるさく感じる。島田も同じことを感じたらしく、「ここのセミってさ、他のセミより声でかいよね」と言った。眠気が襲う中で、うっすら目を開け、ガンちゃんを見ると、彼は縁側に座って噛んでいるガムで風船を膨《ふく》らませ、割れて顔中に張り付いたガムを指で取ってはまた風船を膨らませ、という動作を繰り返していた。

急にむっと湿度が高まったと思ったら、雨が降り始めた。遠くでカエルが鳴いている。

「あめゆじゆとてちてけんじや……」

おもむろに島田がつぶやいた。日本語に聞こえない。

「何ですか、それ」と僕は目を閉じたまま尋ねた。

「高校のときさ、岩手から転校してきた奴が、岩手弁でこの詩を読んだんだよ」

島田は、よっこらしょと起き上がり、一呼吸してから続けた。

「けふのうちに　とほくへいつてしまふわたくしのいもうとよ　みぞれがふつておもてはへんにあかるいのだ　あめゆじゆとてちてけんじや」

それが正しいかどうかはさておき、わざとらしいくらいの岩手弁的なイントネーションをつけて、島田は抑揚たっぷりにその詩をそらんじた。はっきりと意味はわからないが、大粒のみぞれがぼたぼたと降っている情景が目に浮かんだ。ずっしりと重く寂しさがのしかかるような詩だと思った。僕は目を開けて島田を見た。

「なんかもう、それがさ、とにかく岩手弁がさ、ずしーんと、ここに沁みたんだよなぁ」

と島田は自分の胸をポンポンと叩いた。こんなに重たくて寂しい詩をわざわざ世に残す人がいるなんて、結構な割合で世の中の人々は皆、寂しいのかもしれない。島田は両手を上にあげて伸びをした。

「あぁ、オレも、賢治みたいな才能があればなぁ。ってゆうか、詩人になろう。うん」

咳払いをして、島田はあぐらをかき背筋を伸ばして顎《あご》を上げ、目を剝き、手のひらを上にして両腕を大きく開き胸を張り、見えない何かを感じようとした。

「雨はオレの皮膚を突き抜ける。お前は生きているんだぞと、冷たく刺さり、血に変わる……」

ガンちゃんは、しらけた目でちらりと島田を見た。島田はガクッと両手を下げ、うなだれた。

「あぁ、ダメだ。やっぱ才能ねえや」

僕は少しだけ笑った。島田はしばらく雨を見つめ、

「才能と言えばさ、山ちゃんの炊く飯は、なぜだかすごくうまいんだぜ」

と、あくびをしながらガンちゃんに言った。

そのうち一気に空が暗くなり雨が強まった。島田は立ち上がり、着ていたTシャツを脱いで雨の中に立ち顔を上に向けた。そして、「うおーっ」と唸りながら両手でごしごし顔をこすり、雨で顔を洗った。ガンちゃんは、島田を見ると、膨らませていたガムを口から取り出し、縁側のへりにくっつけて、突然お経らしきものを唱え始めた。

「南無無辺行菩薩　南無上行菩薩　南無多宝如来　南無妙法蓮華経……」

僕たちは、ガンちゃんの声を聞きながら夕立が通り過ぎるのを待った。雨がそれまでの暑さを抑えてくれた。島田は一通り全身を雨で洗ってしまうと、僕に向かってぼそっと言った。

「ねえ山ちゃん、雨がやんだら飲みいこ」

「いいすね」

と、自然に返事が出た。誰かと飲みに行くなんて、いつぶりだろうか。どうしてか、笑いが込み上げてきて、一人で笑ってしまった。島田に「気持ちワル」と言われた。あまり飲まないようにしよう。明日からまた仕事だ。

けれども僕は、その日は異常に楽しくて、気分が盛り上がってしまい、浴びるほど酒を飲んでしまったのだった。寺の正門から続く寂れた商店街の一番端にあるガンちゃんの行きつけの小さな焼き鳥屋は、シンプルな塩味でとても旨く、つい酒がすすんでしまった。ガンちゃんは、いくら飲んでも顔色ひとつ変えず、飲んでいてもほとんど黙っていて、島田が一方的に喋ることに、あぁ、とか、ふん、などと相槌《あいづち》を打つくらいだった。彼は、島田がビールをこぼしても、トイレで眠ってしまっても、決して動揺せず、どっしりと大きく構えて何も言わずに助けていた。ふたりを見ていて、僕には友達がひとりもいないことを実感した。今までほしいと思ったこともなかった。

だって、ひとりでよかったはずなのだ。誰とも関わらず、自分だけでいいと。つつましく、目立たず、ひっそりと暮らしていこうと、そう思っていたはずなのだ。そして僕はまた、そんな思いを振り切るように大声で笑い、バカみたいに酒を飲みまくった。

島田も僕も持ち金が足りなくて、ガンちゃんが足りない分を全部払ってくれた。帰り道、島田は、明日必ず掃除します、明日必ず掃除します、と繰り返し言いながら電信柱に大量のゲロを吐き、ごめんなさいと謝り電信柱を抱きしめながら大声で泣いていた。僕は島田を見て腹を抱えて地面に転がりながら笑った。死ぬほど笑えば、あとの面倒くさいことは、どうにでもなるような気がした。ガンちゃんはゲロまみれになりながら道端で寝ようとする島田を力ずくで起こし、島田に肩を貸していた。僕たちは、ふらふらになりながらアパートに向かって歩いた。もうろうとする頭の中で、僕は一体何を心配していたのかわからなくなった。全ての細かいことは、もうどうでもいいことだ。明日仕事が終わったら、父親の骨を粉々に砕いて川に捨ててしまおう。もうためらわない。絶対に実行しよう、そう心に決めた。

次の日は、二日酔いで死んでしまいたかった。午前中はまるで使い物にならず、中島さんは僕を見て呆れていた。

　夕方、酒がまだ抜けない頭で、川辺に座って水の流れを見ていた。骨壺を持ってきていた。しばらく迷っていたが、遺骨を新聞紙の上に出し、その辺にあった大きめの石をつかんだ。石で割って、遺骨を粉々にしようとしたのだが、どうしても手に力が入らなかった。深くため息をついて顔を上げると、川のほとりで、僕に気付いたカヨコが縄跳びをしながらこっちに向かって走ってきた。つばの広い帽子をかぶった南さんが、カヨコの後ろから歩いてくる。

「暑いですね」

　と南さんは帽子を取って、長い髪をくるくると後ろで丸めた。カヨコは僕の目の前で二重跳びをしてみせた。

「お、やったね」と僕が言うと、「少し早く跳んでみた」とカヨコは照れくさそうに言った。

　カヨコは縄跳びをその辺に放り、周辺の花を摘み始めた。

「できちゃうと飽きるのも早いの、あの子」

　と、南さんはカヨコを見て微笑み、僕の隣にしゃがんだ。彼女は帽子を自分に向けて扇ぎ、風を送った。

「何それ？」

南さんは僕の目の前にあるものを見て言った。僕は見られてはいけないものを見られてしまったような気がして、言いよどんだ。

「あの、その……、父親の骨です」

南さんはしげしげと骨を見つめた。

「墓、買う金ないし、……粉々にすればその辺に撒いてもいいって聞いて。気持ち悪いでしょ。すみません」

南さんは、真顔でゆっくりと首を振り、じっと灰色の骨を見つめた。目の前の川は、決まった方向にただゆったりと流れていた。カヨコは黙々と花を摘み、手に持った花束はどんどん大きくなっていった。僕は、言い訳するような気持ちで言葉を探した。

「本当は、どっかで期待してたんです。父親の記憶なんてないもんだから。どっかで別の家族といい生活してるんじゃないかって。でも……、しょせんこんなんでした。ひとりで死んで、墓も作ってもらえず、こんなとこに捨てられて、こんな最期」

南さんは、頬杖をついて骨を見つめたまま言った。

「期待してたり、気にしてたりってゆうのが、もう愛だよね」

「そんなんじゃないです」

と、僕は首を振って笑ってみせた。南さんは突然、僕が持っていた石を奪い、新聞紙の上の骨を素手でつかんで砕き始めた。

「うわぁ。ちょ、ちょっと待ってください」

僕は慌てて南さんの手から石を奪った。南さんは、ゆっくりと骨をつかんだ手を目の前にかざし、指についた白い粉を見つめた。指先をこすり合わせると、少量の粉がパラパラと地面に落ちた。南さんは落ちてゆく粉を見つめて、唐突にぽつりとつぶやいた。

「私ね、夫の骨を食べたの」

「は？」

思わず聞き返してしまった。南さんは、ずっと指先をこすり合わせていた。いくらこすり合わせても、もう白い粉は落ちてこなかった。

「輪廻転生なんて私は絶対に信じない。前世でも夫婦だったとか、生まれ変わったらまた会えるとか、結構信じている人は多いようだけど。死んだら骨になるだけでしょ」

南さんはそう言って、さっきまでこすり合わせていた指先を握って、顔を上げて宙を見た。

「大きなイボがあったのよ、夫の背中に」

僕は南さんの話の行方がつかめず、黙っていた。

「私はね、全然そんなもの気にしてなかったの。でもね、なぜかあの人はそれを気にしていて、ある時、私に黙ってそのイボを病院で取ってしまったの。その後すぐに癌になってしまって……。あれよね。無意味に存在しているものなんて、なんにもないのよ。あのイボはきっと、あの人の毒素を吐き出すための通り道だったのに。取らないでって、言っておけばよかったな……」

南さんは花を摘むカヨコに視線を移した。僕は、南さんの夫の背中のイボを想った。夫が死んでしまった原因をイボのせいにしたい気持ちを理解したいと思った。大切な人を失ってしまった人は、そうやって何か原因を見つけたいものなのだろうか。

僕が黙って考えていると、南さんは、さっと僕から石を奪い、再び骨を砕こうとした。

「あぁ！　ちょ、ちょっと」

南さんは、手を止め、声を出して笑った。

「アハハハ」

南さんはさっと立ち上がり、パンパンと手を払ってから、カヨコに声をかけた。

「カヨちゃん、いこ」

カヨコは両手いっぱいに摘んだ花をぎゅっと握って走ってきた。そして、花束を両手で半分ずつに分け、「はい」とその一方を僕の前に差し出した。僕は花束を受け取った。南さんとカヨコは、つないだ手をぶらぶら揺らしながら帰っていった。僕は彼女たちの後ろ姿をしばらく見つめた。酔っぱらって吐きながら大声で泣いていた島田を思い出していた。彼も大切なものを失ってしまった人なのだろうか。無駄に明るいのは哀しみの裏返しなのか。せめてささやかなシアワセをちょっとずつ見つけていかないと、生きてこれなかったということか。

父親の遺骨を見つめた。島田が言っていたとおり、南さんは今でもいじらしいくらい夫を愛してやまないのだろう。胸がチクリとした。僕はまだ、父親の死を大切な人の死とは感じられていない。骨を砕いて捨てるのは、今じゃないかもしれない。僕は広げた新聞紙をそそくさと持ち上げ、こぼさないように遺骨を骨壺に戻した。そして、カヨコにもらった花束を持ってアパートに帰った。僕は、まだ大切なものを失ってはいないと思う。

部屋で夕飯の支度をしていた。ご飯が炊け、いい匂いがしていた。そろそろ島田がくるころだ。今日は魚も二人分用意した。味噌汁の準備もできていた。極上塩辛の壺を冷蔵庫から取り出した。ご飯を二人分よそうのは、さすがに気が引けた。島田を待っていると思われても困る。でも、夕飯をちゃぶ台に並べ、準備がすべて整い、あとは食べるだけと座ったところで、いつものように島田が現れないことが気になった。どうしたんだろう。ためらいはしたが、隣の部屋との境の壁をノックしてみた。

「島田さーん、ご飯、食べちゃいますよー」

隣の壁に向かい声をかけた。反応はなかった。ま、いっか、と手を合わせ、ひとりでご飯を食べ始めた。島田がいない夕食は、なんとも静かだった。二人分の魚を用意してしまったことが無性に恥ずかしくなり、二匹のうちの一匹を先にばりばりと食べてしまい、なかったことにした。寂しい……、のか？　いやいや、ないない、と自分を笑ってみた。

翌日は仕事が休みで、目が覚めても布団の上でゴロゴロしていると、庭でごそごそ音がする。きっと島田が畑仕事を始めたのだろう。しかしなんだかいつもと様子が違う。普段の島田なら、大声でわざとらしく暑い暑いとわめき、すぐにこの窓から顔を出し、寝ている僕をいやがらせのように無理やり起こして畑仕事を手伝わせるのだ。

今日は、妙に静かに作業をしている。具合でも悪いのだろうか。そんなことを考えながらただ横になっているだけなのに、汗が滝のように噴き出してきた。暑さを耐え忍び、このままじっとしているか、それとも思い切って起き上がり、顔を洗って島田の畑を手伝うか。少し迷ったが、起き上がることにした。Tシャツだけ着替え、島田から借りたままになっているサンダルを履いて窓から庭に出た。

「あーっ」と僕は大きく伸びをした。

やはり島田が大粒の汗を流しながら、畑仕事をしていた。今日も暑くなりそうだった。物置に置いてある麦藁帽子をかぶり、島田に挨拶をした。

「天気、いいですね」

「うん、そ、そうだね」

いつもは島田の方から明るく挨拶をしてくるのに、今日はどうもよそよそしい気がする。

「ゴーヤの方、やりますね」

「ああ、うん」

島田の返事が、やはり普段より素っ気ない感じがしたが、気にせずハサミを持ってゴーヤを採りにいった。この時期、野菜はぐんぐん大きくなり、それぞれの野菜にとってベストな時に収穫しないと、大きくなりすぎて色も味も悪くなっていく、と先日畑を手伝ったとき、島田に教わった。週末のたびに畑仕事を手伝うようになり、野菜たちに触れていると少しずつ愛着が湧いてきて、食べるときはなおさら美味しく感じるようになった。ゴーヤはイボイボがほどよく盛り上がってきていた。余分なツルをハサミでカットしていくと、すぐに汗でTシャツがびっしょり濡れた。さっきから、島田の視線を感じる。ちらちらと僕を見ている気がしてならない。

僕は手を止め、「なんすか?」と思い切って聞いてみた。島田はぱっと僕から視線を外し、作業を続けながら、笑って言った。

「いや、一生懸命やってるなと思って」

「暑くて部屋で寝てられないし、むしろ体動かしてたほうが気が紛れるかなって」

「そうだね」

島田の笑いが引きつっている気がするのは、気のせいだろうか。明らかにいつもの図々しく豪快で明るい島田とは違う。どうしたんだろう、と気になりながらゴーヤを採っていると、島田はこそこそと近寄ってきて、僕の顔をじっと見据え、意を決した様子で言った。

「あのさっ、山ちゃん、ボク、聞いちゃったんだ」

僕はその瞬間、ビリビリと背中に電気が走ったように動けなくなった。頭のてっぺんから冷たい汗が流れ落ちるのを感じた。島田は続けた。

「山ちゃん、前科者なんだってね。一体何をしでかしたの?」

僕はうまく息ができず、苦しくて肩で息をしていた。しばらく答えられずに黙っていた。僕は、島田にはいずれ僕の前科のことを言おうと思っていた。言わないわけにはいかないくらい、身近な存在になっていたから。他からバレるくらいなら、自分から告げようと。そして、島田なら、僕の前科を知ったところで態度を変えないでいてくれるんじゃないかと、漠然とそう考えていた。島田なら、きっとそんな自分を笑って受け入れてくれると、なぜかそんな根拠のない安心感があった。なぜそう思ったのだろう。島田は沈黙の重さに耐えられないという顔をして、口ごもるようにぼそぼそと言った。

「ごめん、気にしないつもりだったんだけど、どうしても気になっちゃって」

僕は、島田の目を見られないまま、つぶやくように告げた。

「人を騙《だま》して、金を取ろうとしました」

「……そ、そう。そうなんだ」

島田は無駄に大きな声でそう言って、僕に背を向け畑仕事に戻った。しかし、島田の手は全然動いていなかった。聞いてしまったことを悔いているようにも見えた。いたたまれなくなり、僕は採ったゴーヤをその場に置き、何も言わずにとにかくこの場を去ろうとアパートの表に回りそのまま敷地の外に出た。背中に感じた島田の視線が痛かった。

翌日、工場での作業にちっとも集中できないでいた。どうして知られてしまったのだろう。島田以外の誰が知っているのだろう。南さんも知っているのか。誰がバラしたんだろう。そもそもずっと知られないでいられるとでも思っていたのか。そんなこと、できるわけない。知られたっていいじゃないか。もともと自分ひとりだけで生きていけばいいと思っていたのだから。一体何を期待してしまったんだろう。隠していたと思われるくらいなら、もっと早く島田に言っておけばよかった。初めて島田が僕の部屋にやってきた時に、初めて島田の畑を手伝った時に、初めて島田がうちでご飯を食べた時に、言っておけばよかった。その機会はいくらでもあったはずなのに。そうしたら、島田は初めから僕に近づいてこなかったのではないか。こんなに近い存在にならずに済んだのではないか。親しくならなければ、こんな風に気にする必要などなかったはずだ。

気付いたら、ざっくりと左の人差し指の先が切れており、血が流れ出た。誤って包丁で切ってしまったらしい。痛みはまるで感じなかった。ビニール手袋をつたって手首の方に流れていく血を、呆然と見つめていた。

「何ぼーっとしてるの！」

と中島さんが大声で怒鳴ったので僕ははっとした。中島さんは急いで飛んできて、僕の左手からビニール手袋を剝ぎ取り、切った指の付け根をそれでぎゅっと結んで、僕の手を高く上げた。目を奪われるほど素早い動作だった。

昼休憩は、川が見渡せるいつもの場所で、朝作ってきたおにぎりを食べた。左手の人差し指には白い包帯が巻かれている。

「探したよ」と社長が堤防をむりやりよじ登りやってきて、ペットボトルのお茶を僕に差し出した。

「差し入れ」

「どうも」

僕がお茶を受け取ると、社長は僕の隣に座って言った。

「いつもここで昼飯食ってんだ」社長は目の前に広がる川を見渡した。

「人がこないので」と僕は答えた。

社長は、僕の手からペットボトルを奪い、蓋を開けてまた僕に渡してくれた。

「指、大丈夫だった？」

「全然、大したことないです」

「よかった。中島さんが気に掛ける若者なんて、今まで皆無だったんだ。山田くんは、それだけ貴重な戦力ってことだからさ」

わぁと声が聞こえ、そちらの方を見ると同じ工場の人たちがキャッチボールをしているのが見えた。楽しそうにしている彼らを見たら、時間が止まったように虚しくなった。僕はもうこの街にいたくないと思った。工場の仕事を辞めて、またどこか遠くに行こうと。僕はもらったペットボトルのお茶を一口飲んで、社長に質問をした。

「……ろくでもないのって遺伝するんですか？　母親はクズだったし、父親も野垂れ死にだし。ろくでもないのって生まれつきなのかなって」

社長は僕の言葉にじっと耳を傾けていた。社長が何か言ってくれるのを待った。どう励ましてくれるのか、どう慰めてくれるのか、僕は社長を試した。

「しないよ。そんなもの遺伝するわけない」

と社長はきっぱりと言った。僕は、余計に意地悪な気分になった。

「中島さんだって、僕の前科のこと知ったら、きっと今まで通りっていうわけにはいかないでしょ」

社長は、目を細めて言った。

「中島さんは初めから知ってるよ。オレが教えた」

「え？」

僕は驚いて社長を見た。

「あの人は絶対に余計なこと言わないから。オレはここ何十年も、ずっと中島さんに頼ってるの。全面的に信頼してる。あの人がいなかったら会社やっていけないってくらい」

僕は、中島さんが口元をきつく結んで黙々と仕事をする姿を思い浮かべた。

「今、辞めんな」

社長ははっきりと言った。

「仕事、今辞めたら、振り出しに戻るよ。生きていることに意味があるのか、ないのか、わからないまま、この後ずっと、さまようんだ。そういう人間を何人も見てきた。頭使わずに手を使え。手を動かしていれば、余計な疑問は断ち切れる。大丈夫だから」

社長の言葉が体に重くのしかかった。

「社長命令ね」

そう言って社長は立ち上がり、僕の肩を強く叩き、堤防を降りて行ってしまった。しばらくそのまま、川の流れを見ているしかなかった。

仕事帰り、ホームレスの人が川辺で猫を撫《な》でながら何やら話しかけていた。彼は髪の毛を頭の真上で団子のように結んでいて、真っ黒に日焼けしていた。当たり前だけど、ホームレスの人たちにもひとりひとり、それぞれの生活がある。

父が最後にかけた電話は、いのちの電話だった。彼は最期に何を思ったのだろう。何を見たのだろう。彼にも彼なりの生活があったに違いない。そう思ったら居ても立ってても居られなくなり、土手沿いの電話ボックスに寄った。どうしてか、父親の携帯電話を充電していつも持ち歩いていた。公衆電話で、彼が最後にかけた番号に電話をかける。しばらく待ったあと、受話器の向こうから女性の声がした。

「もしもし、いのちの電話です」

先日と同じ、温かみのある声の人だった。そのまま声を出さずに黙っていた。

「どうされました？ ……大丈夫ですよ。なんでも相談なさってください」

ゆったりと優しい話し方でそう言われた。僕はためらいながら声を出した。

「あの、そちらはつまり、アレですよね。自殺したい人が最後に電話してくるところですよね」

少し間があった後、女性の声はゆっくり答えた。

「確かに、生きている意味を問われる方は多いです。でも、そればかりではありません」

「たとえば？」

「そうですね、可愛がっていた猫が死んでしまったけど庭に埋めてもいいのかとか、子供さんからは、どうして幽霊は出るのかとか、死んだ後の魂はどこに行くのかとか」

「……死んだ後の魂はどこに行くのですか？」

答えをためらう女性の気配。

「……あの、これは、相談員としてではなく、とても個人的なこととして聞いていただきたいのですが……、私、幼いころ、たまに、宙を泳ぐ金魚が見えたんです。じっと見ていると、しばらくの間空中をフワフワと浮遊して、なんとなく空に向かって泳いでいく、というような……、そんな金魚が見えたんです。ずっとあとになって、あれはきっと魂だったんだって、確信しました。それはもう疑いの余地なく、確信したんです」

電話ボックスの中から、空を眺めた。魂が泳いでいくという空。

女性の声はやわらかく優しくて、ささくれだった僕の気持ちをそのまま受け入れ包み込んでくれるようで心地よかった。僕が今までしてしまった全ての罪は、彼女の声によってのみ許されるのではないかと、思い違いをしてしまいそうになった。いつまでも聞いていたいと思わせる声だった。もし、父親が最後に聞いた電話の声もこの女性だったなら、それだけで、この声に全てを委《ゆだ》ね、包まれたいと願い、もう一度この声を聞くために、自殺を思いとどまったんじゃないだろうか。

ピアニカの音色に誘われて、僕は川辺のゴミ山に来ていた。ゴミ山の上で洋一はピアニカを吹いていた。この間と同じ、バッハの曲。さっき猫に話しかけていた、髪の毛を頭の真上で団子のように結んだホームレスのおじさんが、近くで足を投げ出して座り、目をつむって洋一の演奏に耳を傾けていた。彼のピアニカの音色はいつも悲しくて切ない。そして懐かしい大切な何かを思い出させてくれるような響きがあった。洋一の中に、一体どんな思いが詰まっているのか。

洋一のピアニカを聴きながら、幼い頃、僕の頰っぺたにくっついた母の口紅の臭いを思い出していた。あの時僕が眠れなかったのは、あの口紅の赤が僕を飲み込んでしまいそうで恐ろしかったからではなく、本当は母が恋しくてたまらなかったからだとわかっていた。腹が死ぬほど減るたびに、早く帰ってきてほしいと心から願っていた。母が大声で九九の七の段を逆から言うたびに、抱きつきたくてしかたがなかった。認めたくないだけで、本当はずっと自分の本心に気付いていた。会いたいと思うのは悔しいけど、どうしようもなく鼻の奥がツンとした。母を想っての涙は流したくない。島田はどうしているだろうと、頭をよぎった。

洋一の演奏が終わり、ホームレスのおじさんは拍手をして立ち上がり、静かに去っていった。おじさんと入れ替わりに、カヨコが縄跳びの縄を持ってやってきた。カヨコは、ゴミ山の周囲に置かれた右から三番目の黒電話の受話器を取り、耳に押し当てた。何も聞こえないらしく、カヨコはがっかりしたようにため息をつき、受話器を置いて洋一に言った。

「ねえ、待っててもダメだと思うの。こっちから呼ばないと」

洋一はピアニカで「ドー」と音を鳴らした。洋一が、さっきまでの哀愁漂うピアニカの音とはまるで正反対の貧弱で震える「ド」を出したので、僕は驚いた。洋一が動揺している。洋一の顔を見ると、耳まで真っ赤だった。僕はすぐに彼に何が起こっているかを理解した。彼は動揺ではなく、恋をしているのだ。カヨコはゴミ山によじ登ろうとし、洋一はカヨコの手を取ってそれを助けた。カヨコはゴミ山のてっぺんに立つと、縄跳びの縄を空に向かってぐるぐると回し始めた。僕はカヨコに尋ねた。

「何してるの？」

カヨコは手を止めずに答えた。

「宇宙人と交信」

「……ふーん」

南さんが言っていた。カヨコは、できないことがあるとできるまでやるのだ、と。彼女は今回もできるまでやるのだろうか。やるかもしれない、と僕は思った。なぜならば、カヨコの眼差しは二重跳びの練習をする時よりもずっと真剣だったからだ。僕はふたりの世界を邪魔しないように、そっとその場を立ち去った。

島田が夕飯に来なくなって数日経っていた。隣の部屋からは物音ひとつせず、しーんと静まり返っている。島田はどこかで風呂に入っているのだろうか。どこかでご飯を食べているのだろうか。島田のことだからきっといろいろつてがあって、風呂もご飯もどこかで図々しくお世話になっているにちがいない。島田にはガンちゃんだっているのだし。何よりも、島田はいい年をした大人なのだ。心配する必要なんてない。だけど、畑はもう手伝わなくていいのだろうか。庭の野菜が食べられなくなるのは残念だ。ここにはもう来ないのだろうか。僕は、島田のことばかり考えている自分に気付き、やるせなくなった。隣のクラスの好きな子を気にする中学生みたいじゃないか。僕は、島田の部屋との境の壁を力いっぱい蹴飛ばした。もういい。島田とは一切関わらないようにしよう、一切考えたくもない。友達でもない。もともと自分ひとりの世界を味わいたかったはずじゃないか。

一人きりの夕飯を済ませ、暑くてどうにもならないので、もう寝ることにした。電気を消すと、どこからかテレビの音が聞こえてきた。ほとんど裸の状態で布団に寝転んだが、目を開けたまま眠れないでいた。扇風機が規則正しくミュー、ミューと鳴く。蚊が顔の周りを飛び回っている。蚊取り線香を付けようか迷ったが、起き上がるのが面倒だった。そのうち眠りに落ちていた。

突然、ミシリと音がして、部屋が大きく揺れて目が覚めた。地震だ。慌てて飛び起き、真っ先に台所の炊飯器がガス台の横から落ちてこないように両手で押さえた。揺れがさらに強くなり、棚の上に置いてあった骨壺が床に落ちてガシャンと鈍い音を立てた。

「わぁ！」

白い布に包まれた骨壺が床に転がっている。しばらく大きな揺れに動けないでいたが、ようやく収まった。押さえていた炊飯器を元に戻し、落下した骨壺の方へ近づいた。布を広げると、割れた骨壺の破片と灰色の骨とが入り混じっている。僕はそれを見つめ、呆然とした。辺りを見回すと、冷蔵庫の中に極上塩辛の壺があることを思い出した。中からイカの塩辛を取り出して別の器へと移した。塩辛の壺をよく洗い、丁寧に布巾で拭いた。割れた骨壺の破片を手で拾い新聞紙の上に避《よ》け、散らばった遺骨を布の上で集め、塩辛の壺に入れた。すべて壺に入れると、ほっと一息ついた。改めて、塩辛の壺の中の遺骨を見つめた。もう四十九日はとっくに過ぎている。早くなんとかしなくては。

そのとき突然、男性の大きな背中の記憶が頭をかすめた。その人の襟足から汗が垂れ、背中のTシャツをぐっしょりと濡らしていた。今みたいな真夏だった。僕は、その人がこぐ自転車の荷台に乗っていた。自転車が揺れて、僕は濡れたTシャツにしがみついた。するとその人は、僕の手を取って、自分の腰に回した。あれはもしかして父の背中だったのだろうか。その時の手の感触を必死に思い出そうとした。力強く僕の手を握った大きな手を。あの日、父らしき人と僕は、自転車に乗ってどこに向かっていたのだろう。

次の休みの日、再び長距離バスに乗り三時間かけて、僕は父親を火葬場で見送ってくれた市役所の職員、堤下を訪ねた。事前に連絡をしないでいきなり現れた僕が悪いのだが、堤下はそこにいなかった。彼は、業務で火葬場にいるという。僕は対応してくれた人に火葬場までの道のりを聞き、その足で向かった。堤下を探しながら、初めて訪れた火葬場をうろついた。ちらりと見えたある火葬炉の前では、たくさんの遺族が焼きあがったばかりの遺骨を囲み、泣きむせびながらふたり一組になり箸で遺骨をひとつひとつ取り上げていた。一方で、別の火葬炉には『A様』と書かれた札が貼ってあり、そこでは、前回見たときと同じように背筋のぴんと伸びた堤下が、焼きあがったばかりの遺骨を丁寧に骨壺に入れていた。かっちりと黒いスーツを着込み、きっちりと黒いネクタイを締めている。無表情に淡々と業務をこなす彼の姿は、故人に対して絶対的な敬意を払い、その尊厳を守ろうとする誠実さが見て取れ、尊く美しいと思った。身元が判明しないまま死んで火葬されたA様にも、顔があり、名前があり、生活があったはずだ。僕の父や、川辺のホームレスのおじさんたちと同じように。

待合室のソファで待っていると、「お待たせいたしました」と言いながら、仕事を終えた堤下がやってきた。僕は立ち上がって挨拶をした。

「お忙しいところ、申し訳ありません」

「いえ」と堤下は僕の向かいに座った。僕は改まって堤下に尋ねた。

「どうしても、聞きたいことがあって」

「はい」

「父は、自殺したんでしょうか」

堤下は少し眉を上げ、息を吸った。

「父が残した携帯の最後の通話履歴の番号に電話をしてみたら、いのちの電話に繋がったんです。死にたかったのかなって」

「そうでしたか」

堤下は、ゆっくり頷いた。

「死にたかったのかもしれませんね。それは否定できません」

僕は顔を上げて堤下を見た。堤下は静かに続けた。

「孤独死っていうくらいですから、訪ねてくる人もいなければ、他に話す人もいない。部屋の中でテレビの音だけ聞いて、長い間、たったひとり……」

その状況を、改めて想像してみた。しばらく黙っていると、堤下が平然と言った。

「でもお父様は、おそらく自殺ではありません」

「え？」

「どうでしょう、一緒に行ってみませんか。お父様が最後に住んでいた場所に」

火葬場から堤下の車に乗って、父が住んでいたアパートに行くことになった。車の中で、僕たちは終始無言だった。スーツの上着を脱いだ堤下のワイシャツは、きっちりとアイロンがかかっていて、襟元にも汚れ一つなく真っ白だった。車の中は、堤下の整髪料の匂いがした。

車を停めて少し歩く。小学校の脇の細い道を通っていくと、古びた団地が数棟並んでいた。団地の南側に面したベランダの方に回ると、すぐ目の前には墓地が広がっていた。ベランダを見ると、洗濯物が干してあったり、植木が置いてあったりして、どの部屋に人が住んでいるのかわかる。四階建ての棟の十数戸ある部屋は、かなり空きが目立ち、四、五戸しか住んでいる人がいないようだった。堤下によると、すでに取り壊しが決まっており、あと数ヵ月で残っている人々も立ち退かなくてはならないそうだ。堤下は二階のある窓を見上げ、指さした。

「あちらでお父様のご遺体が見つかりました」

そのベランダには、室外機の上に小さなプランターがひとつあり、植物の葉はすっかりしおれていた。放課後の帰宅時間なのか、小学校の方向から子供たちの声が風に乗って流れてきた。僕は父の住んでいた部屋の窓を見た。堤下は言った。

「仕事がら、いろいろな状況で亡くなった人々を見送ってきました。孤独死された方の多くは、ドアの方を向いて倒れていることが多いと聞いています。突然やってきた死に対応できず、苦しみから逃れようと、とっさにドアから外に出ようとする。一方で自殺された方のご遺体は部屋の内側を向いていることが多いそうです。お父様は、そのどちらでもなかったと聞いております。部屋は比較的綺麗に整頓されていたようで、ご覧のとおりベランダで植物も育てていらした。きっと丁寧に生活されていたんでしょう」

窓に黄ばんだレースのカーテンが半分だけ開いた状態でかかっている。色あせた物干し竿が一本、両端をビニール紐で金具に縛られてかかっていた。ささくれたビニール紐の先が風になびいて細かく動いている。堤下は続けた。

「警察からお父様のご遺体の件で連絡があったとき、死亡状況を聞きました。窓を正面にして座っていらして、急な心不全か何かで胸に痛みが走り、そのまま倒れたようです。そばのテーブルにはコップに入った飲みかけの牛乳があったと。下着だけ身に着け、上半身裸のまま。きっと風呂上がりだったのでしょう」

堤下の話を聞いて、笑いが込み上げた。堤下が不思議そうな顔で僕を見た。

「いや、すみません」

風呂上がりの牛乳……、しかも上半身裸。込み上げる笑いが止まらないまま、僕は言った。

「やっぱり父親でした」

「は？」

「子供の時からずっと会ってなくて。本当に父親なのかどうかもわからないのに、死んだから遺骨を引き取れって連絡がきて。どうしたらいいか迷いました。引き取った後もずっと迷っていました。でも、やっぱり僕の父でした」

変なところだけ似てしまった。変なところだけ、受け継いでいた。どうでもいいそんなところだけ。

「そうですか」

と堤下は安心したように静かに微笑んだ。

その窓を見つめていると、窓辺に座り夕焼け空を眺めながら、上半身裸で気持ちよさそうに牛乳を飲む父の姿が見えた気がした。

帰りのバスに揺られながら、もしかしたら、父がいのちの電話に何度も電話をかけていたのは、自殺しようと思ったからではなく、あの女性の声にほんのりとした恋心を寄せていたからかもしれないという考えが頭をよぎった。あの人の声を聞くことが、父のささやかな生き甲斐だったとしたら。そんなことを考えたら、なんだか可笑しくなった。僕の生き甲斐はなんだろう？　思いを巡らせているうちに、カヨコの姿が頭に浮かんだ。あの子が宇宙人と交信するのを見届けたいと思った。それから洋一のピアニカも、もう一度聴きたい。だけど、そんなことが生き甲斐でいいのだろうか？　いいじゃないか、それで。そんな些細《ささい》な出来事のひとつひとつにシアワセを感じていればなんとかなると島田も言っていた。きっと、僕の父親だって、似たような些細な出来事に毎日一喜一憂していたんじゃないだろうか。小学生の声が聞こえてくるベランダで、小さなプランターに水をやりながら、上半身裸で風呂上がりに牛乳を飲んで、きっとささやかな何かに生きる喜びを感じ、ちゃんと丁寧に生活しようとしていたのではないだろうか。どんな金持ちだってどんな大物だって、超スペシャルなビッグイベントに毎日大感動しているわけじゃないだろう。むしろ誰しもが毎日のちょっとした出来事に泣いたり笑ったりしているのではないだろうか。だとしたら、父親が今も生きていたとして、この先もろくなことはなかったとは言い切れないじゃないか。そして、この僕のこれからだって。

バスが橋を渡りはじめ、川が見えてきた。この街に帰ってきたのだと思ったら、安心した。また自分の部屋でご飯が食べられるのかと思ったら、それだけで十分だと思った。もう僕は、僕を憐《あわ》れむようなことをしたくない。

バスを降りて、コンビニでタバコを一箱買った。帰り道に川辺に寄って、サイトウさんを探した。緑色のTシャツはすぐに見つかった。サイトウさんは、木陰にたたずみ川の底を眺めていた。そっと近づいてタバコの箱を差し出した。サイトウさんは口を大きく開けて満面の笑みでタバコを受け取った。サイトウさんには歯がなかった。彼はタバコを一本取り出し、タバコの箱を慣れた手つきでTシャツの袖に巻き込んで、サイトウさんはまた川の底をじっと見つめた。うまそうに一服し、ズボンのポケットからライターを取り出して火を付けた。うまそうに一服し、サイトウさんはまた川の底をじっと見つめた。

「何を研究していらっしゃるんですか?」と僕が尋ねると、「シマドジョウ」とサイトウさんはぶっきらぼうに言った。

アパートの屋根の上をピンク色の雲がゆっくり動いていた。風が少し涼しくなってきた。夏が終わろうとしている。南さんが花壇にホースで水を撒いていた。南さんは僕に気付くと、ニコリともせずこくんと頭だけ下げて会釈をした。いつも通りの無愛想は、僕を十分に安心させた。南さんは、黙ったままホースの先端を高く上げ、自慢げに僕の顔を見た。水しぶきが落ちるところを見ると、小さな虹が出来ていた。「わあ」とつい高い声が出てしまった。僕の反応に、南さんがブッと吹き出した。恥ずかしかった。「岡本さんには会ってない？」と南さんに聞かれ、僕が首を振ると、「そっか」と口を尖《とが》らせた。南さんはホースの水を止め、朱色に染まる空を眺めて一息つき、つぶやいた。

「せつな、たせつな、ろうばく、むこりった」

「え？」

「岡本さんがね、こうして空を見上げながらタバコの煙をぷはぁって吹き出してそう言ったんです」

南さんは空を見つめたままタバコを深く吸う真似をした。息を吐き出しながら南さんは言った。

「山田さん、もう帰ってこないかと思いました」

「どうして？」

「なんとなく」

僕は、夕日に照らされた南さんの顔を見れずにうつむいた。

「ここしか帰ってくるところないし」

南さんは僕を見てフフフといたずらっこのように笑った。そしてピンク色の空を見上げて、ぽつりぽつりと話し始めた。

「階段の上り下りがつらくなった祖母が、私にここのすべてを任せてホームに移ることになったとき、この場所で、祖母がタクシーに乗って行ってしまうのを、岡本さんと一緒に見送ったんです。行ってしまったのを見届けたらたまらなく寂しくなってしまって。そのとき岡本さんと一緒に見上げた空の色が、本当にびっくりするくらい美しい紫で。岡本さんが吸っていたタバコの煙をゆっくりと吐き出して言ったの。この紫色が生まれて消える間に、誰かが生まれて、誰かが死んでゆくんだねって」

僕は、南さんの話を聞きながら空を見上げた。岡本さんがすぐ側にいるような気がしていた。南さんは続けた。

「岡本さんのタバコの煙がすぅっと空の紫色に吸い込まれていって、その消えていく煙の行方を眺めていたら、ただいまって、そのころはまだ元気だった夫が紫色の中から帰ってきたんです。その瞬間、体の芯から幸福を感じたの」

南さんはぐっと目を閉じ、両腕を前で交差させて自分の体を抱きしめ身を縮めた。そして、ふっと体を緩め、紅く染まった門のあたりを見つめた。

「それで、祖母から引き継いだこのアパートを何があっても大切にしていこうって決めたんです」

僕にも、空に吸い込まれるタバコの煙が見える気がした。何か喋ってしまうと、南さんが見ている紫色が消えてしまいそうで黙っていた。

こんなにも世の中から落第してしまったような人たちばかりが集まったアパートで、南さんは毎日綺麗に掃除をし、庭の手入れをし、丁寧に生きている。南さんはそれ以来まだ、あれほど美しい紫色は見ていないらしい。

十年後のことなんて未来すぎて、まるでわからない。五年先も一年先のことも、自分がどうしているかなんて見当もつかない。明日のことさえ不安だ。でも、とにかく今日一日、僕はイカをさばく。そうやって一日一日、同じ作業を続けていれば、社長の言うように、コツコツの意味がいつかわかる日がくるかもしれない。いや、そんなもの死ぬまでわからないかもしれない。中島さんは、斜め向かいで口元を固く結び、いつもと変わらず淡々と作業をしている。切った左指の傷口は、すっかり閉じて固くなっていた。変わらない毎日の中で、僕の傷は確実に治っていく。変わらないものの中に、少しずつ変わってゆくものがある。中島さんの顔に刻まれた皺は日々深くなり、僕は、しっかり年を取っていく。社長がやってきて、僕の手つきを見て安心したように頷き、「がんばってるね」と声をかけてきた。いつものように肩を強く叩いた。たまにうざったくて暑苦しい。でも時々もらえる塩辛はうまいし、なにより僕の作業は以前よりずっと早くなっていた。

アパートに帰宅し、郵便箱を確認していると、階段の下に座っているカヨコが見えた。カヨコは両手で金魚鉢を抱えていた。僕が近づくと、彼女は助けを求めるような目で僕を見た。金魚鉢の中には、死んだ金魚が浮いていた。僕はどうしようか迷ったが、カヨコの隣に並んで腰を下ろした。しばらくふたりで何も言わずに死んだ金魚を見つめていた。こんなとき、どんな言葉をかけたらいいのか、全く思いつかなかった。そのうち溝口親子が帰ってきた。洋一は、カヨコの前に駆け寄った。洋一もまた、黙ったまま死んだ金魚を見つめた。水の中でヒラヒラと綺麗な赤い尾をなびかせて泳いでいた金魚は、死んだとたんに腹を見せてゆらゆらと浮かび、ただの物質になる。人も動物も生きているものは皆、魂が抜けた瞬間にただの物質になってしまう。残酷な宣告を見せつけられないと、あきらめがつかないからなのか。僕は父の遺骨に思いをはせた。

カヨコと溝口親子と一緒に、川べりのゴミ山に来た。カヨコは金魚鉢の水をタプタプさせながら、しかし絶対にこぼさないという強い意思を感じさせる足取りでしっかり歩いた。洋一は、ゴミ山の中からすばやく古びたシャベルを見つけると、近くに穴を掘り始めた。十分な穴を掘ると、洋一はカヨコの顔を見た。カヨコは、ゆっくりと金魚鉢を傾け、金魚を水ごと穴の中に流した。水は土に吸い込まれて消え、金魚だけが穴の中に横たわっていた。カヨコは金魚をじっと見つめ、両手を尻の横でヒラヒラとさせた。カヨコの目から大粒の涙がボタボタと落ちた。小さな肩を震わせ、しゃくりあげた。洋一は、カヨコの肩にそっと手を添えた。涙が少し落ち着くと、カヨコは地面の土をつかみ、金魚の上にかけた。洋一が、今度はゴミ山から適当な木片を見つけてきて、それを金魚を埋めた場所に突き立てた。溝口父が、宙を見つめて、静かに言った。

「金魚が宙を泳いでいるの、見える？」

カヨコは溝口父を見た。

「知り合いの話なんだけどね、その人、子供のころ、宙を泳ぐ金魚が見えたんだって。じっと見ていると、しばらくの間空中をフワフワと浮遊して、なんとなく空に向かって泳いでいく、というような……、そんな金魚。ずっと後になってから、あれはきっと死んでしまったものの魂だって、確信したんだって。それはもう疑いの余地なく」

聞いたことのある話だと気付きはっとしたが、僕は黙っていた。溝口父は続けた。

「死んだものの魂は、宙を泳いでいくんだよ。ほら、見える？」

カヨコは、金魚が空中を泳ぐ世界が目の前に広がっているかのように、呆然と宙を眺めた。溝口親子も僕も、宙を見つめていた。僕は、南さんから聞いた岡本さんの言葉を思い出していた。この紫色が生まれて消える間に、誰かが生まれて、誰かが死んでゆく。ほんの短い時間にも生命の始まりと終わりがある。魂は宙を泳いで、空に消えてゆくのだろうか。

突然、壊れた公衆電話が鳴った。皆驚いて、電話の方を見た。洋一が急いで電話のところに行き、ゆっくり受話器を取った。洋一は、受話器を耳に当てたまま空を見上げ、おもむろに人差し指を上に向けた。洋一が指さした先を見上げると、宇宙人のようなイカか、イカのような宇宙人の形をした巨大なバルーンが空に浮かんでいた。イカだか宇宙人だかわからないものは、なんともマヌケな顔をしていて、風にあおられた何本かの足は妙な方向にひん曲がり、情けない姿をさらしていた。

「なんじゃありゃ」と溝口父が吹き出した。それにつられて僕も笑った。僕たち大人ふたりは、巨大な宇宙人を指さして笑っていたが、カヨコは真剣な表情のまま、急いでゴミ山から縄跳びの縄を手に取り、空に浮かぶ宇宙人に向かって思い切り振り回した。洋一も慌ててカヨコの隣に並び、ピアニカを奏でた。彼らは本気で宇宙人との交信を試しているのだった。

と、そこに、土手の上の方から怒鳴り声が聞こえてきた。

「オレも連れてってくれー！」

見ると、土手の上で島田が、両手を口元に当てて大声で叫んでいた。

「オレも連れてってくれー！」

島田は必死の形相で顔を真っ赤にしてもう一度叫ぶと、右手を宇宙人に向けて高く伸ばし、でかい図体をどたどたと揺らして土手の急な坂を駆け下り、そして途中で躓《つまず》き、転がり倒れた。僕は、島田のそんな姿を初めて見て唖然《あぜん》とし、その場に立ち尽くしていた。カヨコと溝口親子も黙って島田を見つめていた。カヨコの縄跳びの縄はだらんと地面に垂れていた。島田はしばらく起き上がらず、倒れたままだった。僕は島田に近づこうと足を一歩踏み出した。すると、溝口父がさっと僕の前に手を出して制した。島田はやっと体を起こし顔を上げ、徐々に遠くなっていく空の宇宙人を見つめ、声をあげて泣いていた。泣きながら島田は、自分の頭を両手の拳《こぶし》で強く殴り始めた。僕は、自分自身を殴りながら大声で泣く島田の姿が悲しくて、心臓が痛かった。

風呂に入っていても風の音が聞こえている。時折外に面した風呂場の窓ガラスがガタガタ揺れる。風呂に入る前にご飯を炊いておいた。味噌汁もできている。冷蔵庫には牛乳も入っている。玄関のドアが開く音がした。

「こんにちは」

島田だ。とても遠慮がちな声だった。もそもそと部屋に上がってくる気配がする。あえて、返事をせずに湯船に浸《つ》かったまま物音を立てないように静かにしていた。

「山ちゃーん、風呂？」

久しぶりに、この部屋で島田の声を聞いた。たいした時間はたってないのに、とても懐かしい感じがした。島田が風呂場に近づいてきた。じっと息をひそめた。

「この間の地震、けっこうデカかったね。ボク、地震のときスカイツリーのてっぺんにいなくてホントよかったよ。もう超ラッキーだよ。……でもさ、スカイツリーって、世界第二位の高さらしいよ。微妙だよね」

と、島田はどうでもいい話をする。僕が黙ったままでいると、島田はさらに続けた。

「ま、そんなことよりボクは、カヨコちゃんがなんで縄跳びの縄をぐるぐる回しているかの方が気になってしょうがないけどね。でも聞かないんだ。すぐに答えがわかっちゃったら面白くないものね」

その答えを僕は知っている。島田は一体いつまでどうでもいい話を続けるつもりか。照れ隠しなのか。僕はそのまま無言を貫いた。島田が改まった様子で咳をした。

「……こないだのこと、ごめん。ボクだって、言いたくない過去もあるのにさ」

さらっと言ったが、しんみりと湿り気を帯びた低い声だった。僕はそれでも沈黙を通した。島田の落ち着きなく動く影がガラス越しに見えた。

「ねえ山ちゃん、何とか言ってよ。ボクさ、山ちゃんみたいなやつが隣に引っ越してきて、本当に嬉しかったんだぜ。ボクなんかこんなだから、大抵の人はバカにして相手にしてくれないのにさ、山ちゃんは友達になってくれてさ、一緒にご飯食べてくれて」

風呂場の前でもじもじしながらしゃべっている島田の姿が可笑しく、つい笑ってしまいそうになり手で口を押さえた。島田は続けた。

「ボク頭悪いから、たくさん人に騙されたの。お金もいっぱい取られた。だから山ちゃんのこと聞いたら、ちょっと怖くなっちゃって」

僕は息を殺して耳をすました。

「ボクさ、自分が死んだとき、寂しいって思ってくれる人がひとりいたら、それでいいと思ってるんだよね。それってかなりシアワセなことだと思わない？　ねえ山ちゃん、ボクが死んだら寂しいって思ってくれる？」

島田が、甘ったるい猫なで声で言う。すりガラスのドアに指を押し付け、「山」という漢字を何度も書いているのがこちら側から見えた。僕は笑いを我慢できなくなり、ぷっと吹き出してしまった。

「山ちゃん？」と島田が僕の声に反応した。

僕は、笑いながら、「いやだよ」とつぶやいた。

「え？　なんて言ったの？　ねえ山ちゃーん」

僕は、声を出して笑った。可笑しくて可笑しくて、涙が出た。笑いながら、あふれてくる涙と鼻水を風呂の湯でばしゃばしゃと流した。島田は一方的に話を続けた。

「ご飯ってさ、ひとりで食べるより、やっぱり誰かと食べたほうが美味しいよね」

僕の笑い声が聞こえているのか、島田の声から緊張が抜け、柔らかくなっている。

「ボクが山ちゃんにしちゃったこと、もう許してもらえないと思って、ここのところずっと山ちゃんちでご飯食べたいの我慢しててさ、ちょっと痩せちゃったよ」

なんだ、我慢してたのか。余計に笑えた。島田は、本当に図々しいヤツなのだ。図々しくて、おせっかいで、ダメ人間で、落ちこぼれで、繊細で、あたたかくて、人間らしくて。僕は、島田が死んだとき、寂しいと思うだろうか。思うかもしれない。きっと寂しい。笑いは止まらず、僕はやっと島田に返事をした。

「どうぞ、先に食べててください」

「そう？　ありがとう！」

と島田の声は、ぱっと明るくなった。島田が台所に向かう音がする。しばらくして島田の叫び声が聞こえてきた。

「わぁぁぁっ！　大変だよ！　山ちゃん！」

島田が駆け寄ってきて、慌てて風呂場のドアを開けた。

「山ちゃん、塩辛がっ、極上がっ！」

島田の手には、極上塩辛の壺があった。

「それ、オヤジの骨」

「ヤダ、ご飯にかけようとしちゃったじゃん！」

プリプリ怒っている島田を見て、僕はもう、笑いすぎて腹が痛かった。涙があふれてくる。島田もつられて笑いだした。ふたりで大声で笑った。思い切り笑った後、島田がそっとつぶやいた。

「山ちゃん、台風がくるよ」

強風で窓がガタガタ音を立てていた。

叩きつけるような雨の音が響いていた。ご飯を食べ終えた後も、島田は自分の部屋に帰りたがらず、大きな背中を部屋の隅の壁に押しつけて膝を抱えて怯えていた。動物が鳴き騒いでいるような風の音が続く。ノックの音がし、レインコートを着た南さんがやってきた。

「山田さん、手伝って」

今まで見たこともない深刻な表情でそう言われて外に出ると、南さんにレインコートを渡された。溝口父は、ずぶ濡れになりながらアパートの周囲に土嚢《どのう》を積んでいた。アパートの周りにはすでに大きな水たまりができていた。南さんと溝口父と協力し、土嚢を積み上げていった。カヨコと洋一は二階の南さんの部屋で一緒にいるようだ。そのうち真っ黒なコートを着たガンちゃんがやってきて、何も言わずにその作業を手伝ってくれた。雨は痛いほど強く降り注ぎ、レインコートはまるで役に立たず、あっという間に僕は全身ずぶ濡れになっていた。

体を刺すような雨に打たれながら、初めてこの街に来たときのことを思い出していた。僕は、こんなギリギリを味わいたかったはずだ。川辺に住むことで、いつくるかしれない災害を待ちわびていたはずだ。でも、僕は今、アパートが浸水しないように必死になって土嚢を積み上げている。ここがなくなってしまったら、僕には他に行くところなどない。その不安な気持ちは、きっと島田も溝口親子も同じだろう。僕らは、世間から完全に置いてきぼりを食らってしまった世界の住民なのだ。でもそれで構わない。花壇も、ミカンの木も、錆びた郵便箱も、裏の畑も、二槽式洗濯機も、このアパートの全部が愛おしいと思った。南さんがお祖母さんから受け継ぎ大切にしてきたこのアパートを、僕も守りたいと心からそう思った。

もし避難勧告が出たらすぐにうちの寺に皆を連れてくるように、とガンちゃんは僕と溝口父に告げ、豪雨の中颯爽と去っていった。風に翻《ひるがえ》る真っ黒なコートが、ガンちゃんの背中をたくましく見せた。僕らは、なにかあればすぐに南さんの部屋に集まることにして、ひとまずそれぞれの部屋に戻ることにした。僕は、自分の部屋に入ると、タオルで濡れた体を拭いて着替えた。島田は部屋の隅で縮こまりながら両手で耳をふさいでいた。まるで大量の石が横から壁に当たっているような激しい雨の音がした。次の瞬間、部屋の電気が消えた。ひぃっと島田が悲鳴を上げた。停電だ。僕は、ぶるぶる震える島田の姿を見て、僕だけの特別なおまじないを大声で唱え始めた。

「しちくろくじゅうさん、しちはごじゅうろく、しちしちしじゅうく、しちろくしじゅうに……」

「山ちゃん、何言ってんだよ」暗闇のなか、半べそ状態の島田が言った。

「恐怖を抑える方法。九九の七の段を逆から大声で言うんです。これ、すっごい効きますよ。やってみてください」と僕が言うと、「え、七の段？」と島田もゆっくり暗唱し始めた。

「えっと、しちく……、ろくじゅうさん、しちは、ごじゅうし」島田はさっそく間違えた。

「違う！」と僕は島田に突っ込んだ。

「無理だよ、七の段なんて一番難しいやつじゃん。しかも逆からなんて、絶対無理」

僕は笑い、真っ暗な部屋の中で、幼い頃の自分を思い出した。

「母が帰ってこなくて一人で怖くて眠れないとき、頭から布団をかぶってこれを大声で何度も何度も唱えたんです。そうしたら徐々に恐怖が過ぎ去って、いつの間にか眠れていました」

島田は僕の話をじっと聞きながら黙っていた。外では巨人が唸るように風が鳴いている。島田はぽつりと言った。

「せめて逆じゃなけりゃ、ボクだってすらすら言えるのに」

僕は静かに笑った。島田はガッと立ち上がり、部屋の中をうろうろしながら恐怖を振り払うように大声で唱え始めた。

「しちくろくじゅうさん、しち は、えっと、えっと、ごじゅう……し」

「違うって！」と僕はすかさず突っ込んだ。島田は夜通しずっと、何度も何度も七の段を逆から唱え、僕は島田が間違えるたびにツッコミを入れた。雨が鎮まるころ、ようやく間違えずに最後まで言えるようになった。

太陽の光で目が覚めた。窓の外は明るい。僕の足にしがみついて寝ている島田に気付き、蹴飛ばして足からはがした。窓を開けると、青空が広がっていた。屋根から水が滴《したた》っている。庭の畑は水浸しで、泥だらけで潰《つぶ》れた野菜が地面に落ちていた。

川沿いに住む人たちのことを考えた。彼らは無事だろうか。サイトウさんはどうしているだろう。いつの間にか起きていた島田が僕の横に立ち、庭を眺めながら言った。

「川沿いの人たちのこと、考えてる？」

僕はゆっくり頷いた。

「流されちゃった人、いるかもね」

ざらっとしたものが体中に立ち込めて、僕は唾を飲み込んだ。

「……あの人たちを見て、安心する自分がいました。自分よりまだまだ下がいるって」

島田は、外の空気を思い切り吸ってゆっくり吐き出してから言った。

「どこが底辺かなんて、人によって違うけどね。ボクの場合は特に、その境界線が曖昧だし」

境界線なんて、はじめから存在しないのかもしれない。川の人たちにも、島田にも僕にもそれぞれの生活があり、僕たちはそれぞれに生きている。僕は父親のことを想った。父の死が、そのとき初めて実感として湧いた。もうこの世にはいないのだと理解し、悲しいという感情で体中がしびれた。

「今、とても悲しいです。名もなく、死んでゆく人たちのことを思うと」

川は、台風のたびに氾濫する可能性がある。川沿いのこの辺りは、常に日常がおびやかされている。少なからず日常じゃなくなる瞬間がある。ただ生きることを常におびやかされながら、ギリギリを味わっている――。

遺骨の入った塩辛の壺を抱え、一人で川べりにやってきた。ホームレスの人たちのブルーシートの小屋は、一軒残らず無残な状態でなぎ倒されていた。木々にロープを張り、濡れた服を干している人がいた。彼の姿をしばらく見つめた。僕は、草の上に座り、持ってきた新聞紙を広げ、塩辛の壺を傾け、遺骨を出した。その辺にあった大きな石を手に取り、思い切って遺骨を砕いた。粉々になってゆく骨。力いっぱい手を振りあげ、粉々に、粉々に。一通り遺骨が砕けたところで、手を止めた。息が切れていた。視線を感じ顔を上げると、南さんがいた。南さんはスカートをなびかせながら近くにやってきて、粉々になった骨をのぞき込んで言った。

「粉々だ」

「粉々です」

南さんは、僕の隣にしゃがみ込み、粉々になった骨をためらいもなく手でつかんだ。そして握った手からサラサラと白い粉を落とした。

「気持ち悪くないんですか？」

と聞くと、南さんは首を振った。

「全然。元は人間でしょ」

南さんの手からこぼれ落ちる白い骨粉を見つめていたら、反射的に言葉が口をついた。

「高校二年のとき、母に捨てられました。そのあとは、食べるために悪いことばかりして。いい仕事があるって言われて気付いたら、刑務所にいました。なんで生まれてきちゃったんだろうって、ずっと思っていました。でも、出所して住んだアパートの隣の部屋に変な人がいて。その人、図々しくておせっかいで、勝手にうちの風呂入ったり、勝手にご飯食べたりするんだけど、なんか、その人と一緒にいると、ちょっと笑ってる自分がいて、ああダメだって、自分なんかが何かを期待しちゃダメだって。笑っちゃダメだって。でも……、つい笑っている自分がいて。その人、ささやかなシアワセを見つけるのが得意で。もしかしたら彼は彼で、そうしないと生きてこれなかったのかもしれなくて。あの、いや、でも、前科者だし、やっぱりこんな自分は、そんなささやかなシアワセを、感じたらいけないんじゃないかって……」

いつの間にか、涙があふれていた。次から次へと涙が流れ、止まらなかった。僕は顔が上げられず、うつむいてシャツの袖で涙をぬぐった。ふいに、南さんに頭を抱きよせられた。

「感じていいよ」

低い声できっぱりと南さんはそう言った。僕は驚いて、何も言えずにじっとしていた。南さんは両腕を交差させ、ぎゅっと力を入れて、僕の頭をさらにきつく抱きしめた。南さんの心臓の音が聞こえる。僕は目を閉じ、頭の重みを南さんの胸にゆだねた。

「お葬式しましょう。お父さんの」

と、南さんは僕の頭を優しく撫でながら言った。南さんからは甘いお香の匂いがした。

工場からの帰り道。台風と一緒に夏の熱気もどこかへ行ったのか、少しだけ風が爽《さわ》やかだ。バカみたいに暑かった夏が終わる。土手から川べりを見ると、縄跳びの縄を空に向かってグルグル回しているカヨコの姿が見えた。ピアニカの音が聴こえる。きっと洋一がゴミ山の上で吹いているのだろう。

南さんに家賃を払いにいき、階段を降りながらキャラメルの紙をむいた。お駄賃のキャラメルを口にいれた瞬間、

「あー、いいな、いいな。南さんにもらった？」

という声が聞こえた。階段下で、二槽式洗濯機に洗剤を入れながら島田がにやにやしていた。

「はあ」

「いいよね、南さん。そそられるよね。誘惑されたいよね」

島田は嫌らしい笑みを浮かべている。僕は、こういうときの島田と会話をしたくない。無愛想に返事をした。

「まあ」

「あー、山ちゃんまさか、チンコ勃ったー？」

島田は南さんに聞こえるようにか、あえて大きな声で言う。余計に頭にきた。

「勃ちませんよ」

「絶対勃ったよね」

「勃ちません」

島田が洗濯機のダイヤルを回す。ゴーゴーとのどかな回転音を立てて洗濯機が振動し始める。

「いいな、キャラメルいいな。ボクももらいたいなー」

島田は、回る洗濯機と一緒に顔をぐるぐる回しながら言った。

「指定日に家賃払えばもらえますよ」

島田は僕を見てにっこり笑い、

「うん、それは無理」

と、あっさり断言した。

僕は部屋に入って、キャラメルの紙で折ったツルを棚の上に置いた。同じツルが三つ並んだ。僕は、この前の休日に買っておいた薄紫色のカーテンを窓に取り付け始めた。初めて南さんに会ったとき、彼女が着ていたスカートの色に似た淡い紫色。取り付け終わり部屋を見回すと、今更ながら自分の部屋だという実感が湧いて顔がほころんだ。

その日の夕暮れが近づき、部屋の中を夕日がほんのりと赤く照らし始めていた。溝口父に借りたクタクタの黒いスーツに黒いネクタイを締め、部屋から出た。甘い香りに気付き、花壇を見ると、白い花がいっぱい咲いていた。思わず笑みがこぼれた。そこへ、溝口親子がいつもの揃いの黒スーツ姿で階段を降りてきた。僕たちは黙ったまま軽く会釈をした。溝口親子もまた、白い花に気付いたようで、一緒に花壇の前に並び、白い花の甘い香りを堪能した。溝口父は、深く匂いを吸って空を見上げた。そしておもむろにつぶやいた。

「せつな、たせつな、ろうばく、むこりった」

僕はその言葉を聞いてはっとして溝口父を見た。

「それ、どういう意味ですか？ 前に南さんもここで同じこと言ってたけど」

溝口父は、空を見上げたまますうっすらと笑い、教えてくれた。

「岡本さんが、よくこの言葉をつぶやいていたんですよ。このアパートね、前は別の名前だったんだけど、南さんの旦那さんが亡くなった後すぐ、変更したんです。ハイツムコリッタ。わたしもよくわからないけど、たぶん、今日みたいな、こんな感じの空の色が生まれて消える、そんな時間の流れのことなのかな」

川っぺりのムコリッタ。生まれて消える時間の流れ。僕は、薄っすら桃色に染まった空を眺めた。

南さんがカヨコの手を引き、「お待たせー」と薄紫色の長いスカートをヒラヒラさせて階段を降りてきた。南さんは、花壇の前でスカートをたくし上げると、持ってきたはさみで白い花をちょんちょんと切り、あっという間に花束を作った。溝口父が島田の部屋をノックすると、もそもそと島田が部屋から出てきた。「ボク、ネクタイ締められないよ、南さん、やってー」と甘えた声を出した。島田は白いTシャツの上に黒いネクタイを首から下げていた。溝口父が、「わたしがやりますよ」と島田の黒いネクタイを手に取り、ささっと締めた。島田は、舌打ちして口をとがらせていた。僕も南さんもそんな島田を見て笑った。

僕たちは、皆で土手まで歩いた。まだ日は沈んでいない。袈裟を着て木魚を持ったガンちゃんが土手の上で待っていた。夕暮れどきの土手。夕日が反射してオレンジ色に染まった川の水が緩やかに流れていた。ムコリッタの住民とガンちゃんが土手の上で列をつくる。洋一の奏でるピアニカのメロディーに合わせ、列はゆっくり動きだす。南さんは、白い花束を持っている。島田は、ガンちゃんの木魚を鳴らす。カヨコは縄跳びの縄を空に向けて回す。溝口父は銘旗《めいき》を持つ。ガンちゃんは数珠を片手にお経を唱える。

僕は、皆の後に続き、塩辛の壺を抱えて歩いた。

今日が閉じていく時間。終わってゆく空の時間が美しい色をしているのはなぜだろう。終わってゆく生。終わってゆく死。

ムコリッタ。僕は、今この瞬間に、誰かが生まれて、誰かが死んでゆくことを思った。

壺の中に手を入れ、粉々の遺骨を摑んだ。目の前でゆっくり手を開くと、骨は風に乗り、一瞬にしてさっと宙に舞い上がった。最近まで他人だった人たちと、最近まで存在さえ知らなかった父を見送る。

父の弔い。

白い骨粉は、僕の手のひらからこぼれていく。空に舞い上がり、葬列の上に降り注ぐそれは、紫色の光を受けてキラキラと輝いていた。太陽が沈みかけている。もう少し、皆と土手の上を歩いていたい。

「映画を撮れない悔しさから小説を書いた」

映画監督・荻上直子×写真家・川内倫子トークショー

（2019年6月29日　青山ブックセンター）

写真家　川内倫子（かわうち りんこ）
1972年、滋賀県生まれ。2002年『うたたね』『花火』で第27回木村伊兵衛写真賞を受賞。個展・グループ展は国内外で多数。近作に写真集『Des oiseaux』『as it is』、エッセイ集『そんなふう』がある。

川内倫子さんの作品の持つ儚さに惹かれる

荻上　今回、小説を書いたときに「装丁をどうしますか？」と言われて。川内さんのお写真は、被写体が身近にあるものなのにもかかわらず、川内さんの手にかかると儚さを持つというか、その儚さが死と直結している感じが好きだったんです。小説の内容が〝死と生との境目〟みたいなことをテーマにしたものだったので、編集の方に「川内さんにお願いするだけしてみてくれませんか？」と頼んだのですが、快く受けてくださって。ありがとうございます。

川内　荻上さんの作品にはシンパシーを感じる部分がすごく多くて。だから装丁のご提案をいただいて小説を読ませていただいたときは、一晩で一気に読んでしまいました。おっしゃっていただいた〝儚さ〟もそうですし、自分が作品を撮るときに思っていることが、小説の中の言葉にちりばめられていて、すごくしっくりきました。そういう自然な流れでお引き受けさせてもらえたことが嬉しかったです。

荻上　川内さんの作品を見ていると、「人間の死ってどこにでもあるんだな」とドキッとさせられます。人は歳もとるしいつか死ぬ。そこから目を逸《そ》らしたり、見ないようにしたり若さに執着したりするのは違うと思っていて。

川内　やっぱり自分たちは肉体を持っていて壊れやすい存在であって。そこに目を向けることで、逆に自分が照らされるというか。荻上さんの小説も、虐待や孤独死といった辛い部分に目を向けることで自分が見つけられるものもある、ということを感じました。私の作品もそこは変わらないかもしれません。あと、小説のタイトルにもあるように「川っぺり」が好きだっていうところも同じですね。私は今、川縁に住んでるんですけど、一人暮らしの間10年くらい住んでいた家も、子供の頃住んでいた家も川沿いだったんです。

映画を撮れない悔しさから小説を書き始めた

川内 今回小説を書こうと思ったきっかけは何だったんですか？

荻上 もともと脚本を書いていたんですね。で、去年の6月に撮影に入るということで話が進んでいたんですけど、キャスティングなどが上手くいかなくて延期になってしまって。悔しくて悔しくて3日ぐらい眠れなくて、4日目から小説を書き始めたんです。

川内 なるほど。時として怒りがモチベーションになることはありますよね。

荻上 結果こうして出版できたので、まあいいかなと思うんですけど。

川内 これが映画化されたらいいですよね。

荻上 本当に撮れるといいなと思ってるんですよ。是非、皆さんの力で（笑）。

川内 虐待や孤独死って非常にセンシティブな問題だから、取り上げるのって勇気がいりますよね。この小説では、平凡な日常の美しさと、この問題が一つの世界観を持ちながら、私たちの住んでいる社会に自然にある一要素として一続きに描かれている。その残酷さと美しさの描写のバランスに包み込むような目線を感じて素晴らしいなと思いました。

荻上　本当ですか？　良かったです。

川内　荻上さんは映画も、初期の作品から一貫して、すごく生きにくい人たちがたくさん登場しますよね。だけどどの作品も観終わった後、解放感があるのが素晴らしいなあと思っていて。映画って製作段階でたくさんの人が絡んでくるじゃないですか。だから監督が思っていることや個性を出すのって難しいと思うんですけど、こんなに個性がハッキリ出ている作品を作り続けてこられているって、日本の映画界の中でも希有《けう》な存在だなと思うんですよね。

荻上　嬉しいです、ありがとうございます。毎回たくさんの人たちとケンカしながら作ってます（笑）。だからなかなか映画を作らせてもらえなくて。その悔しさが、今回の小説になったんですけど。

川内　もったいないですね。映画の世界も予算のことなど難しいのでしょうけれど、もっとたくさん撮ってほしいです。

「撮影」が映画を作る過程で一番好きじゃない

荻上　実は私たち同い年の72年生まれで。うちは7歳の双子の女の子なんですけど、同じく仕事をしながら娘を高齢出産している、という共通点があるんですよね。川内さんは出産された後、作風が変わったところってあります?

川内　全く変わらないです。年齢的に体力が前よりないのと、家事や育児で時間が限られるから、そこのやり繰りが大変というのはありますけど。ただ娘もやっと3歳にもなりましたし、今まで行きたかった場所にも行けるようにはなってきました。

荻上　私は明らかに変わった気がしていて。母目線みたいなものがたくさん入ってきた気がするんです。

川内　たしかに。最新監督作も小さい女の子が出てきますし、今回の小説にも。

荻上　良くも悪くも母っていう存在が入ってきていますね。

川内　けっこう、複雑な環境の中での母と娘が描かれている感じがします。それはご自身を投影されているわけではなくて?

荻上　そんなことは全然なくて、ちゃんと愛されて育ったんですけど(笑)。

私は撮影のときの自分の保ち方が難しいですね。一人で脚本を書いているときは生活も保たれるし、自分の世界にも入れるので好きなんですよ。だけど撮影になると多くの人が関わってくるので、実は映画を作る過程の中で一番好きじゃないです。

川内　意外ですね。何でそんなに嫌なんですか？

荻上　もともと友達があまりいなくても大丈夫な人間で。人と関わるのが苦手なんでしょうね。撮影中は「あと何日」って毎日数えています。映画監督、向いてないですよね（笑）。

川内　映画監督になる時点で、人と会うのはあまり好きじゃないから大丈夫かな、とかは考えていなかったんですか？

荻上　それは考えなかったかなあ。脚本を書いたら撮ってみたいなという気持ちになり、さらにすごく上手い撮影監督や照明部さんがいると、自分の想像したものよりもさらに上のものが出来上がるので、それが面白いなあと思いながらやっていたという感じで……。この20年ぐらい仕事をしてきて、何度かＣＭの仕事をしたことがあるんです。『かもめ食堂』以来、食品を扱ったＣＭ撮影の依頼があったんですけど、映画の中の料理が美味《おい》しそうだったのは、すべて料理のスタイリングを手がけてくださった飯島奈美さんのおかげで私じゃなかった、そのことに依頼した側が気づくんですよ。だからだいたい1回で終わっちゃう……。

荻上　あはは！

川内　あと、ＣＭって撮影前に絵コンテができているから、「この通りに撮ればいいんでしょ？」みたいな姿勢が見えてしまうからだとも思うんですけど。

荻上　私も残念ながらＣＭの撮影依頼は減ってきましたね。私自身はすごくＣＭ撮影は楽しんでるんですけど。でも自分の中で、あんまりＣＭの仕事をしすぎると作品制作とのバランスが取れなくて危ないなと思ってセーブした時期もあるので。ＣＭのお仕事も楽しいんですが、自分の作品を作ることと、今は家庭もあって、その３つのバランスが取れなくて、少し戸惑っていた時期もありました。

川内　私、少女漫画原作映画のオファーとかいただくことがあるんですね。でもそこに行ってキラキラ映画を撮ったら戻ってこられない気がして。

荻上　すごく分かります。楽しいけど恐怖もある。その恐怖感が出ちゃってるのかもしれないですね。難しいですね、バランスって。

Q．今回初めて小説を書かれたということなんですが、映像作品と小説の違いは何ですか？

荻上　今回の小説は、映画を撮らせてもらえない怒りのパワーから、ガーッと2週間ぐらいで書いたんですけど、実はそれを編集者に見せたら「これは小説ではありません。脚本に脚が生えたようなものですね」と言われてしまったんですね。

川内　え、そうなんですか？

荻上　文章に細かい赤字が入るというレベルじゃなくて、「とにかくディテールが足りない、もっと描写を足してください」と大まかな指示だけなんです。で、言われたようにやったら、また新たに違う課題が赤で書かれて戻ってきて、直す。そのやり取りを何回もやっていったら、そのうち文章に赤が入っていくようになって、「ちょっとマシになったな」と。

川内　ブロックごととかじゃなくて「全体として違う」という赤だった、ということですか？

荻上　そうですそうです。やっぱりここまで人物描写を深く掘り下げるというのは小説ならでは。映画だと説明しなくても絵だけで伝えられることを、小説だと全部描写しなければいけない。映画だとあんまり説明し過ぎるとカッコ悪いというのがあったので、圧倒的に言葉足らずだったんです。

川内　分かります。写真集の編集で一番悩むのが、「これ分かりやすすぎるかな」というのと、「分かりにくすぎても」というさじ加減。見る人に読み取ってもらえるよう合間の行間を開けつつ、私の目線も編集によって見せていく、ということを写真集で表しているつもりですが、難しいんですよね。

荻上　そこは映画になると、優秀な編集さんがいて。こんなことを言うと何なんですけど、最後の編集の段階に行くまでに2年近くかかっているから、実を言うと編集のときって私は意外と飽きちゃってるんです。もちろん編集の方に「こうしてほしい」とか意見は言うんですけど、頭の中では次の企画を考えていたりします（笑）。

川内　そうなんですね！　最初の脚本を書く段階のほうが苦しそうなのに、一番好きな過程なんですね？　それが意外でした。

荻上　苦しいですけど、アイディアが降りてきた瞬間はやっぱりたまらないですね。

Q. 設定が決まると、どういうふうに書いていかれるんですか？　荻上さんの書き方の決まり、みたいなところを教えてください

荻上　私の場合は、オープニングとエンディングが決まるとすぐ書き始めるんです。

その間に何が起こるかは自分でも分かっていなくて、書き始めるとお話ができてくる感じなんです。映画とかテレビドラマだとプロットというのを先に書かなきゃいけないんですね。プロットというのは、あらすじよりもう少し詳しい感じのものなんですけど、それを書いてしまうと私の場合はつまんなくなっちゃうんです。それにのって書かなきゃいけなくなるので、自分で自分を縛ってしまう感じになって。だからもうちょっと自由に、最初と最後だけ決めてフラフラ泳いでいる、みたいな感じで書いてますね。

川内　なるほど。

荻上　そのほうが楽しくなる。川内さんは写真集を作るとき、テーマみたいなものを決めていたりするんですか？

川内　その時々に興味があることを考えていて、でもあまりテーマを決めこまずに始めます。「何かあれ撮ってみたいな」とか「気になるな」という場所に行って撮影して、「いいものが撮れたな」ってなると徐々に始まっていく、という感じです。

荻上　最初に決めているわけではないんですね。

川内　そうそう、何でもいいから気になったものをまず撮ってみる。で、「何で撮ったんだろう？」ということを考えてみる。たとえば野焼きの写真などは、ずっとなぜか〝野焼き〟が気になっていて。そんな折、夢に草原みたいな光景が出てきて、「どこだろう、綺麗だったなあ」と思っていたら、半年後くらいに夢で見たのと全く同じ景色がテレビで映ったんですよ。それは阿蘇《あそ》だったんですけど、「実際に夢の景色があったんだ」と阿蘇をネット検索したら、「野焼き」ってキーワードが出てきたんです。動き出すとそういう偶然が重なってくるんですよね。

荻上　面白いですね。私は、アイディアがバーッと降りてくる瞬間があります。それが面白くて、毎回撮影現場は嫌いなのにやってる、というのもあります。

川内　アイディアはどういうときに降りてくるんですか？

荻上　だいたいファミレスやカフェで、テニス帰りの主婦たちがディーン・フジオカについて2時間ぐらい話している隣で、アイディアが降りてくるのを待つ、みたいな感じです（笑）。あと、でき上がったものを見ると、必ず毎回同じところで「ここをこうすれば良かった」と後悔するんですよ。「次は完璧にしたい」っていう気持ちで、ずっと続けているのかもしれません。

川内　私もいつも未完の完、みたいな感じで終わるところはありますね。

荻上　大好きな小川洋子さんという作家さんが、「物語はすでにあって、自分はそれを見つける作業をしているだけだ」というようなことをおっしゃっていたんですね。

脚本を書き始めたときって「あと何ページも書かないと2時間の作品にならないんだ」と途方に暮れるんですけど、その小川さんの言葉を思い出すと「どこにあるか分からないけどいつか見つかる、そのためのこの何十時間なんだ」みたいな気持ちになれるんです。

川内　作品作りは自分の人生と共にあるものなので、次こそ到達したいと思っているところの近くまで行けたらいいな、と思いますよね。それが何なのかは分からないですけど。

Q．お二人が作品を通して伝えたいと思っていることは何なのですか？

川内　よく聞かれるんですけど、あんまり押しつけがましくしたくなくて。だからいつもズバリとは言わないんですけど、何かを感じ取ってもらえたら出した意味があるかなあとは思っています。

荻上　うんうん、ですよね。

川内　自分が見てすごいなと思った景色って、普通にシェアしたいというか。今はSNSが発達しているから、みんなインスタとかに「今日食べたご飯美味しかった」とか上げたりするじゃないですか。そんな感じの、わりと単純な理由もあったりします。シェアしたいという思いがなかったら、別に発表しなくてもいいわけですから。だけどそこで「何か伝えたい」というのはなくて、それぞれの人が何か引っかかってくれたらいいなと思ってるんです。「綺麗だな」でも「小さい頃を思い出した」でも、何か心が動く一つのきっかけになったら、出した甲斐があるというか……。

荻上 分かります分かります。

川内 最近、情報が多過ぎて大抵のことはスルーしちゃうじゃないですか。そのときにハッと心が動くのって、けっこう大事なことだなと思っているんですよ。

荻上 私も「こういうふうに思ってほしい」とかはなくて。エゴイストなので「俺が俺が」みたいな感じで自分勝手に作ってるんです（笑）。でも上映して笑いが起こると無性に嬉しいんですよ。

川内 たしかに、荻上さんの作品は毎回笑うシーンがたくさんありますよね。

荻上 それが私のカラーかなと思って。そんなシリアスな話というよりは、ユーモアを込めて、笑ってもらいたいんです。でもあんまりウケを狙いすぎると、そこは外したりするんですけど。あと面白いのは、映画館って笑いの神様が来るときと来ないときがあって、大爆笑になるときもあれば全然笑ってもらえないときもあるんですよ。

川内　へー、面白いなあ。

荻上　誰かが引っ張ってくれるとガンガン笑ってくれるし、反対に「神様どこに行ったんだろう」みたいなときもあります。とくに外国のお客さんは反応が大きいので、ドッと笑ってもらえる。「ああ作って良かった」という思いは、意外とそういう瞬間にわき起こります。

初出　ウェブマガジン「mi-mollet（ミモレ）」
構成／川端里恵　取材・文／山本奈緒子

この作品は二〇一九年六月に小社より単行本として刊行されました。

|著者| 荻上直子　1972年千葉県生まれ。映画監督、脚本家。千葉大学工学部画像工学科卒業。'94年に渡米し、南カリフォルニア大学大学院映画学科で映画製作を学び、2000年に帰国。'01年に自主製作映画「星ノくん・夢ノくん」でぴあフィルムフェスティバル音楽賞受賞、'03年に劇場デビュー作「バーバー吉野」でベルリン映画祭児童映画部門特別賞受賞、'17年に「彼らが本気で編むときは、」で日本初のベルリン国際映画祭テディ審査員特別賞、観客賞第2位を受賞。他の監督作に「恋は五・七・五！」「かもめ食堂」「めがね」「トイレット」「レンタネコ」、著書に『モリオ』がある。

川《かわ》っぺりムコリッタ
荻上直子《おぎがみなおこ》

講談社文庫
定価はカバーに
表示してあります

2021年８月12日第１刷発行

発行者――鈴木章一
発行所――株式会社　講談社
東京都文京区音羽2-12-21　〒112-8001
電話　出版（03）5395-3510
　　　販売（03）5395-5817
　　　業務（03）5395-3615
Printed in Japan

KODANSHA

デザイン―菊地信義
本文データ制作―講談社デジタル製作
印刷―――株式会社廣済堂
製本―――株式会社国宝社

ISBN978-4-06-524372-5

講談社文庫刊行の辞

二十一世紀の到来を目睫に望みながら、われわれはいま、人類史上かつて例を見ない巨大な転換期をむかえようとしている。

世界も、日本も、激動の予兆に対する期待とおののきを内に蔵して、未知の時代に歩み入ろうとしている。このときにあたり、創業の人野間清治の「ナショナル・エデュケイター」への志を現代に甦らせようと意図して、われわれはここに古今の文芸作品はいうまでもなく、ひろく人文・社会・自然の諸科学から東西の名著を網羅する、新しい綜合文庫の発刊を決意した。

激動の転換期はまた断絶の時代である。われわれは戦後二十五年間の出版文化のありかたへの深い反省をこめて、この断絶の時代にあえて人間的な持続を求めようとする。いたずらに浮薄な商業主義のあだ花を追い求めることなく、長期にわたって良書に生命をあたえようとつとめるところにしか、今後の出版文化の真の繁栄はあり得ないと信じるからである。

同時にわれわれはこの綜合文庫の刊行を通じて、人文・社会・自然の諸科学が、結局人間の学にほかならないことを立証しようと願っている。かつて知識とは、「汝自身を知る」ことにつきていた。現代社会の瑣末な情報の氾濫のなかから、力強い知識の源泉を掘り起し、技術文明のただなかに、生きた人間の姿を復活させること。それこそわれわれの切なる希求である。

われわれは権威に盲従せず、俗流に媚びることなく、渾然一体となって日本の「草の根」をかたちづくる若く新しい世代の人々に、心をこめてこの新しい綜合文庫をおくり届けたい。それは知識の泉であるとともに感受性のふるさとであり、もっとも有機的に組織され、社会に開かれた万人のための大学をめざしている。大方の支援と協力を衷心より切望してやまない。

一九七一年七月

野間省一